www.tredition.de

AF198046

Horst Pape

Umwelt-Opa Erasmus

Erzählung vom Großvater und seinen Enkeln

[Hier eingeben]   [Hier eingeben]   [Hier eingeben]

www.tredition.de

© 2021 Horst Pape

Verlag und Druck:
tredition GmbH, Halenreie 40-44, 22359 Hamburg

ISBN
Paperback: 978-3-347-37464-5
Hardcover: 978-3-347-37465-2
e-Book: 978-3-347-37466-9

[Hier eingeben]   [Hier eingeben]   [Hier eingeben]

Kapitel-Verzeichnis

Danksagung

Ein herzlicher Dank gebührt meiner Schwiegertochter, Karen Krebs, die als Amateur-Lektorin den Formulierungen und der Interpunktion den letzten Schliff gab.

Kapitel 1

Der Besuch der Enkel

Es begann zu regnen, dunkle Gewitterwolken und fernes Donnergrollen ließen den geistig regen, bärtigen, grauhaarigen Erasmus Eisenblätter im einsam gelegenen Elternhaus in Böllstein im Odenwald - ein wahrer Ort der Besinnung - unruhig werden. Wie jedes Jahr am 9. September, seinem Geburtstag, erwartete Erasmus den Besuch seiner Enkel Josef und Friedrich. Nur zu den beiden achtzehnjährigen Zwillingen hatte er noch familiären Kontakt.

Seine Frau Eulalia hatte er vor zwei Jahren ohne Streit verlassen. Erasmus, ein durchweg lebensbejahender, lustiger Typ, hatte sich von einem Tag auf den anderen dafür entschieden, nur noch vegetarisch zu essen sowie ohne Fernseher, Telefon und Auto auszukommen. Damit wollte und konnte Eulalia nicht leben, es war ein Schock für sie, hatten sie immerhin zweiundfünfzig glückliche Ehejahre miteinander verbracht und nach der Pensionierung mit vielen spannenden Reisen, Museums-, Theaterbesuchen und gemeinsamen Wanderungen mit Freunden Versäumtes nachgeholt.

Bevor Erasmus, diesen für Eulalia und die Familie seines jüngeren Sohnes Karl schwer nachvollziehbaren Entschluss fasste, war er über zweiundvierzig Jahre ein erfolgreicher Angestellter eines Warenhausunternehmens. Für ihn hatten während dieser Zeit die Belange seines Arbeitgebers stets oberste Priorität, für die Familie war seiner

Meinung nach die Frau zuständig, er sorgte für die wirtschaftliche Grundlage dieser Gemeinschaft.

Erasmus geriet in eine Phase des Umbruchs, andere Dinge beschäftigten ihn, bereiteten ihm Sorge, wie z.b. soziale Ungerechtigkeiten, die Energie- und Verkehrspolitik in Deutschland, die enormen Flüchtlingsströme nach Europa aus Ländern, in denen kriegerische Auseinandersetzungen oder Hungersnöte herrschten. Auch sein persönliches Verhalten hinsichtlich des Umwelt- und Klimaschutzes stellte er in Frage. Und immer öfter kreisten seine Gedanken um den verlorenen, erstgeborenen Sohn Justus.

Sein Positivgen, das ihn bisher beflügelte, war plötzlich ins Gegenteil umgeschlagen.

Aus Verzweiflung sehnte sich Erasmus nach Einsamkeit, Ruhe und Selbstfindung. Er fand sie im Elternhaus, dessen Obergeschoss nach dem Tod seines Vaters Friedhelm vor einunddreißig Jahren seiner Familie als Wochenendbleibe diente. Sehr zur Freude seiner Mutter Maria, die ihren Lebensabend im Parterre des Hauses in ihrer gemütlichen Wohnung verbringen konnte. Sie starb im hohen Alter von siebenundneunzig Lenzen sechs Jahre zuvor.

Es war ein rustikales Heim in Hanglage, fast völlig von Mischwald umgeben. Vom großen Balkon an der Frontseite hatte man einen herrlichen Blick über die Hügellandschaft des Odenwaldes. Innen gelangte man in die Diele in Küche, Ess-, Wohn-, Schlaf- und Badezimmer. In der oberen Etage befanden sich zwei Zimmer mit Bad und kleinem Balkon. Vom Keller, in dem sich Heizung, Waschküche,

Hobbyraum mit Werkbank und Sauna befanden, gelangte man auf eine idyllische Terrasse mit rustikaler Sitzgruppe und Springbrunnen. Neben dem Kellerausgang und einem Stapel Kaminholz hatte Erasmus einen Hühnerstall errichtet und den Gemüsegarten nach seinen Vorstellungen angelegt. Für die Wasserversorgung hatte sein Vater eine Grundwasserpumpe anlegen lassen, was Erasmus inspirierte, auch Waschmaschine und Dusche damit zu versorgen. Seinen Drahtesel, der ihn schon während seiner Lehrzeit in Frankfurt werktäglich zum Bahnhof nach Bad König und zurück gebracht hatte, hatte Erasmus wieder fahrtüchtig gemacht, um lebensnotwendige Besorgungen im drei Kilometer entfernten Zentrum des Dorfes zu tätigen.

Erasmus Eltern, Maria und Friedhelm, waren unmittelbar nach seiner Schulzeit von Dortmund in diese gottverlassene Gegend umgezogen, weil Friedhelm seinen gefährlichen Beruf als Bergarbeiter auf Marias Wunsch nach einem Unfall unter Tage aufgegeben und eine Arbeit in der Forstwirtschaft in Erbach im Odenwald angenommen hatte. Damit hatte sich Friedhelm einen Jugendtraum erfüllt.
Nach einer Lehre als Großhandelskaufmann in Frankfurt hatte Erasmus in einem Warenhauskonzern in derselben Stadt angeheuert. Hier lernte er auch Eulalia kennen und lieben. Sie heirateten 1959 und zogen nach Frankfurt-Niederrad. Zwei Söhne, Justus und Karl, bereicherten das Familienglück. Während Justus, der Erstgeborene, nach abgebrochenem Studium der Landschaftsarchitektur mit einem Freund nach Amerika ausgewandert war, und die Eltern nie wieder etwas von ihm gehört hatten, lebte Karl, mittlerweile selbständiger Einzelhandelskaufmann, mit

seiner Frau Herta und den Kindern Josef und Friedrich im selben Haus in Niederrad, das zwischenzeitlich ihr Eigentum geworden war.

Ob Erasmus Abnabelung von seiner Familie ein vernünftiger Entschluss war, darüber ließ er keine Zweifel aufkommen. Er hatte Eulalia und Karl sogar Besuchsverbot erteilt, da er keine Lust auf ihre kritischen Blicke und Kommentare verspürte. Er genoss seinen Schlendrian in vollen Zügen.

Seine Enkel Josef und Friedrich liebten ihren Opa sehr. Als Kind hatten sie so manchen abenteuerlichen Spaziergang durch Wald und über Wiesen gemacht. Viele spannende Geschichten aus seinem Leben gehört. Sie schätzten seinen Scharfsinn und seine Objektivität. Wann immer sie wollten, durften sie zu Besuch kommen doch Erasmus war sich plötzlich nicht mehr sicher, ob die kindliche Loyalität der beiden zwischenzeitlich unter dem Einfluss des Elternhauses stand.

Das Gewitter tobte in diesem Moment über Erasmus Haus, als Josef und Friedrich, die blondgelockten, sportlichen und selbstbewussten Zwillinge, triefend nass und ohne anzuklopfen ins Haus stürmten. Sie wussten, dass ihr Opa die Haustür grundsätzlich nie abschloss. Ein Strahlen huschte über Erasmus glattes, bärtiges Gesicht, weil er ahnte und hoffte, wer die Eindringlinge waren. Noch bevor sie sich ihrer durchnässten Klamotten entledigten, ertönte laut und wenig melodisch von der Diele: „Happy Birthday to You." Voller Freude erhob sich Erasmus aus seinem am Fenster stehenden Schaukelstuhl und ging schnellen Schrittes in den Flur. „Hallo, ihr Bengel, habt euch wieder wie in alten Tagen ans Haus angeschlichen, damit ich euch vom Fenster aus nicht sehen konnte." „Stimmt, Opa, aber zunächst einmal herzlichen Glückwunsch zu deinem 80. Geburtstag und weiterhin alles Gute, bleibe gesund!", sprach Josef, während er seinen Opa umarmte und herzlich drückte. „Du bist ja schon genauso groß wie ich", wunderte sich Erasmus, während sich Friedrich den Worten seines Bruders anschloss und dem strahlenden Opa ein kleines Päckchen übergab, das für die beiden „das" Glückspfeil-Geheimnis war. „Der Inhalt soll eine besondere Überraschung für dich sein, hoffentlich gefällt sie dir", lächelte Friedrich verschmitzt. „Herzlichen Dank, da bin ich aber gespannt. Jetzt zieht euch erstmal um, Unterwäsche, alte Hosen und Hemden findet ihr in eurem Schrank im Kinderzimmer", freute sich Erasmus.

Der Größenvergleich mit Josef wurmte Friedrich. „Opa, ich gehe erst, wenn du festgestellt hast, dass ich auch so groß bin wie du", empörte sich Friedrich, und stellte sich demonstrativ neben seinen Opa. „Du hast Recht, ihr beide habt eine Länge, aber über die Größe entscheidet die Nachwelt", lachte Erasmus.

Kapitel 2

Die Enkel haben einen Plan

Im Räuberzivil vom letzten Jahr, das ihnen noch passte, und frisch geduscht saßen nun Josef und Friedrich mit ihrem Opa im Esszimmer. Das alte Gemälde eines röhrenden Hirsches hing schon sechzig Jahre über der Anrichte, es stammte noch aus Dortmund.

Zum Mittagessen hatte Erasmus die Lieblingsspeise seiner Enkel angerichtet, Speckpfannkuchen. Erasmus als Vegetarier bevorzugte sie mit Äpfeln. Während die lecker duftenden Pfannkuchen verzehrt wurden, erzählten die Zwillinge, dass es ihren Eltern und Oma Eulalia gut gehe, die Zugfahrt von Frankfurt nach Bad König kurzweilig, aber der Fußmarsch zu Erasmus verdammt anstrengend gewesen sei, weil sie unbedingt vor dem Gewitter bei ihm sein wollten und einen Schritt schneller gegangen seien als gewöhnlich. „Warum habt ihr kein Taxi genommen"? , fragte Erasmus, der diesen anstrengenden Weg noch gut aus seiner Lehrzeit in Frankfurt kannte. „Der Schulbus hat uns bis nach Brombachtal mitgenommen, für die letzten paar Kilometer wollten wir uns das Taxengeld sparen", antwortete Friedrich. „Jungs, das spricht für eure Sparsamkeit", lobte Erasmus.
Als Dessert gab es Erdbeeren a la Erasmus mit gehacktem grünem Pfeffer, Limettensaft und Joghurt. „Opa, du hast mal wieder ein köstliches Mahl für uns bereitet, vielen Dank", sagte Josef. Friedrich nickte zustimmend, während Erasmus zur Feier des Tages einen Sektkorken knallen

ließ. Seine mittlerweile achtzehnjährigen Enkel ließen ihren Opa euphorisch hochleben.

Josef und Friedrich hatten sich für diesen Tag vorgenommen, die Erzählfreude ihres Opas in besonderem Maße herauszufordern, zu gern hörten sie ihn mit seiner sonoren Stimme reden und argumentieren. Mit Unterstützung ihrer Eltern hatten sie in den zurückliegenden beiden Wochen einen umfangreichen Fragenkatalog zusammengestellt und einen Glückspfeil-Plan ausgearbeitet, um zu versuchen, Opas Kontakt zu ihrem Elternhaus und Oma Eulalia wieder zu beleben. Bei passender Gelegenheit wollten sie mit der Aktion starten.

Zunächst fragte Erasmus nach Neuigkeiten: „Sagt mal, wie ist denn euer Abitur ausgefallen, und wie stellt ihr euch eure Zukunft vor?" Josef erwiderte, dass seine Abi-Note eine glatte drei sei, und er gerne BWL studieren wolle, aber vorher auf Anraten seines Vaters noch ein Jahr im Sozialen Dienst tätig sein solle. „Woran denkst du dabei"? , wollte Erasmus wissen. „Entweder in der Altenpflege oder in der Uni-Klinik in Frankfurt, genau habe ich mich noch nicht festgelegt", antwortete Josef. Friedrich konnte stolz eine zwei als Abi-Note präsentieren, hatte aber noch keine Zukunftspläne. Er meinte: „Ich habe jetzt lange genug die Schulbank gedrückt und gebüffelt, ich möchte mir erstmal eine Auszeit nehmen, bevor ich ein Studium beginne." „Was meinst du mit einer Auszeit"? , fragte Opa erschrocken. „Ich möchte ein Jahr durch Europa trampen, möchte die Menschen und ihre Gewohnheiten, ihre Kultur, ihre Art zu denken näher kennenlernen, vielleicht bekomme ich dabei auch eine Idee für mein Studium." „Hört sich besser an, als ich es befürchtete", war Opas Reaktion und fuhr fort:

„Wenn ich mich recht erinnere, hattest du schon immer ein Faible für das Leben in und mit der Natur, und dir traue ich zu, ein positiver Mosaikstein für eine bessere Welt zu werden." „Danke, Opa, aber mein Bruder wird der zweite Mosaikstein sein, denn wir beide sind bemüht, von dir zu lernen." und ergänzte: „Es hat aufgehört zu gewittern, ein Rundgang durch deinen Garten wird uns bestimmt guttun. Ist dir das recht, Opa?" „Na klar, nur raus aus den Puschen und rein in die Holzschuhe", war Opas klare Ansage.

Erasmus hielt sich durch tägliche Gymnastik und Ausdauertraining auf dem Hometrainer in Form. Er trug einen alten Trainingsanzug; die Zwillinge hatten ihn noch als stets elegant sportlich gekleideten Pensionär in Erinnerung.
Im Haus war unverkennbar, dass Staubwischen und Ordnung halten nicht Opas Stärken waren, der Garten war ein Prunkstück für Liebhaber sich selbst überlassener Naturparadiese, all dies fanden Josef und Friedrich stinknormal. Mit den Ansichten ihrer Eltern waren die beiden diesbezüglich eh nicht immer einer Meinung.
„Jetzt müsst ihr euch meine neueste Errungenschaft ansehen, denn seit eurem letzten Besuch vor drei Monaten hat sich schon wieder etwas verändert", frohlockte Erasmus und ging mit den beiden in die Nähe des Hühnerstalls. „Schaut mal, mein neuestes Prachtstück in meinem Paradies!" Er zeigte auf ein schneeweißes Kaninchen, das in einem kleinen Gehege genüsslich an einer Mohrrübe knabberte. „Wie bist du denn jetzt noch auf diese Idee gekommen"?, fragte Friedrich erstaunt. „Als ich neulich bei meinem Freund Ludwig auf dem Bauernhof war, hüpfte mir Hansi im Kuhstall entgegen. Ich erinnerte mich sofort an

die Flucht aus Schlesien. Damals musste ich mich von meinem geliebten Hansi unter Tränen verabschieden. Das und meine Fluchterlebnisse erzählte ich dem interessierten Ludwig und zu meiner Überraschung schenkte er mir Hansi." „Ich befürchtete schon, dass Hansi der nächste Sonntagsbraten wird", scherzte Josef, der Opas vegetarische Lebensweise mittlerweile kannte.

„Josef, schlauer Bruder, da gibst du mir ein Stichwort", sagte Friedrich und fragte seinen Opa: „Wie und wovon ernährst du dich in deinem, wie du immer so schön sagst, Paradies?"

„Als Vegetarier benötige ich nur die Grundnahrungsmittel, wie Wasser, Gemüse, Obst, Vollkorngetreide und Kartoffeln, Hülsenfrüchte, Nüsse pflanzliche Öle und Fette, Milch und Käse, sowie Eier." „Nun könnt ihr mir bestimmt verraten, was meine Umgebung davon nicht hergibt?" Josef reagierte schnell und antwortete: „Opa, das können nur pflanzliche Öle, Fette und Käse sein, alles andere hast du im Wald, in deinem Garten und im Hühnerstall." „Du hast Recht, dafür und für andere Kleinigkeiten, wie Waschmittel etc. fahre ich einmal im Monat mit meinem Fahrrad ins Dorf, um sie zu besorgen." „Aber wie verarbeitest du die Lebensmittel"? , wollte nun Friedrich wissen.

„Ihr könnt euch bestimmt daran erinnern, dass ich eure Oma zuhause einmal in der Woche vom Küchendienst befreite. Das war kurz nach meiner Pensionierung, und nachdem ich einen Kochkursus für Männer in der Volkshochschule besucht hatte. Ohne Grundkenntnisse im Kochen hätte mich übrigens meine pingelige Eulalia nie an ihren Herd gelassen.

Hier im Küchenregal meiner Eltern entdeckte ich zu meiner Freude Dr. Oetkers Back- und Kochbuch meiner Mutter. So konnte ich mir auch Speisen aus meiner Kindheit zubereiten. Euer heutiges Mittagessen stammt auch aus diesem Kochbuch."

„Kompliment, Opa, nicht nur Oma hast du vorzüglich bekocht, sondern jetzt auch uns, das hatte ich dir nicht zugetraut", meinte Friedrich. „Jungs, das hatte Oma auch verdient, nachdem sie den ganzen Haushalt über vierzig Jahre alleine im Griff hatte."

„Könnt ihr euch eigentlich vorstellen, dass ich hier niemals über Langeweile klagen muss, obwohl ich weder Radio noch Fernseher oder Telefon besitze?"

„Nein, Opa, mit wem redest du denn, wenn nicht mit uns"?
, fragte Josef neugierig.

„Da ist die ältere Dame, Brunhilde, im Dorfladen, mit der ich schon während meiner Lehrzeit flirtete, mal ein Spaziergänger, der sich hierher verläuft, der Förster oder Bauer Ludwig. Aber damit ich das Reden nicht verlerne, spreche ich mit Gott und der Natur, mit meinen robusten, zutraulichen Lachs-Hühnern, die alle sechs einen Namen haben, mit den Blumen, Bäumen, Vögeln und den Rehen, die sich ab und zu hier blicken lassen." „Aber das ist auf Dauer doch langweilig, Opa, du bekommst doch keine Antworten", war Josef überzeugt. „Da irrst du dich, Josef, mit etwas Fantasie höre ich am Gackern von Lisa, meinem ältesten Huhn, dass sie wieder ein Ei gelegt hat, und ich bedanke mich bei ihr. Meinem Hansi erzähle ich Geschichten aus Schlesien, und er nickt unentwegt. Wenn ich morgens vom Vogelgezwitscher geweckt werde, gehe ich ans offene Fenster, erfreue mich des neuen Tages und bedanke mich bei den Vögeln. Wenn nach einem langen, kalten Winter die Bäume und Sträucher im Frühjahr wieder ausschlagen, wandere ich durch den Wald und bete laut, dass sie auch dieses Jahr ohne Klimaschäden überstehen. Und jedem Würmchen, das ich beim Umgraben des Gemüsegartens entdecke, zolle ich Anerkennung, weil es den Boden durchmischt, belüftet und stabilisiert, zusätzlich verbessern die Tiere mit ihren Ausscheidungen die Erde. Wenn dann im Frühjahr die Aussaat im Gemüsegarten erste Keime sprießen lässt, und sie mir im Sommer und Herbst Früchte beschert, dann bin ich der glücklichste Mensch dieser Welt. So könnte ich euch noch hunderte Dinge der Natur aufzählen, die euch vielleicht spleenig vorkommen, in mir aber immer wieder Dankbarkeit und Demut hervorrufen. Denkt einmal darüber nach!"

„Ja, Opa, zugegeben, das hat mich schon fasziniert, was du uns soeben vermittelt hast, alles Dinge, über die ich mir tatsächlich noch nie Gedanken gemacht habe. Danke, Opa", war Josef tief beeindruckt. Friedrich drängte zum Weitergehen, er wollte Opas Garten weiter inspizieren. „Kinder, ist das nicht eine herrlich klare Luft nach dem Gewitter", sagte Erasmus und atmete dabei demonstrativ tief ein und aus. Sie setzten ihren Rundgang fort, vorbei an den ungepflegten Blumen- und Gemüsebeeten und dem Kartoffelacker. An der Beerenstrauchhecke, vor dem ein Meter hohen Holzzaun stand ihnen das Gras bis zu den Knien. Friedhelm, Erasmus Vater, und nach seinem Tod Maria hingegen hatten den Rasen stets kurz gehalten. Dort naschten sie nach Herzenslust Johannis- und Stachelbeeren, zur Freude ihres Opas. Währenddessen stellte Friedrich fest, dass es gar nicht ungewöhnlich sei, so naturnah zu leben, seien dies doch die Lebensumstände der Menschen bis weit nach dem Mittelalter gewesen. „Friedrich, ich bewundere deinen Scharfsinn. Erst nach Beginn der Industrialisierung, etwa ab 1850, wurde der Lebensraum auf der Erde für viele Menschen zusehends enger. So lebten beispielsweise 10000 Jahre vor Christus etwa zwei Millionen, zur Zeitenwende im Jahre Null, etwa 188 Millionen, und um 1900 1,65 Milliarden Menschen auf der Erde, heute sind es schon etwa 7,8 Milliarden und im Jahr 2050 werden es schätzungsweise bereits 9,7 Milliarden Erdenbürger sein, die ernährt und menschenwürdig untergebracht werden möchten. Und wenn es der Menschheit nicht gelingt, den Hebel auf mehr Umwelt- und Klimaschutz, Völkerverständigung sowie Beseitigung der Hungersnöte in vielen Ländern der Erde umzulegen, sehe ich schwarz für eure und nachfolgende Generationen", sagte Erasmus nachdenklich. Wie eine Bombe schlugen die Zahlen bei den Jungs ein, und diesmal war es Friedrich, der sich für diese Erleuchtung bedankte.

„Opa, waren es all diese Erkenntnisse, die dich bewogen haben, deine Lebensweise zu ändern"? , wollte er wissen.

„Das kann man so sagen, aber eigentlich war mein Burnout vor zwei Jahren der Auslöser zum Schritt in ein sinnvolleres Leben. Das Leben mit und in der Natur hat mich ausgeglichener, zufriedener und fröhlicher gemacht, aber nicht glücklicher. Dazu fehlt mir mein Sohn Justus zu sehr. Seit über dreißig Jahren haben wir keinen Kontakt, ich frage mich immer wieder, was aus ihm geworden ist?"

Erasmus bat sie zur Kaffeetafel ins Wohnzimmer. „Opa, darauf freue ich mich schon seit Wochen. Gibt es den leckeren Splitterkuchen nach Uroma Marias Rezept?" Josef lief schon bei der Frage das Wasser im Mund zusammen. „Er ist mir gestern noch besser gelungen als sonst", lächelte Erasmus und servierte das Tablett mit Kuchen und Kakao.
Nach der gemütlichen Kaffeerunde, während der die Jungs mit Komplimenten nicht sparten, lud Erasmus die beiden in seine Kuschelecke ein. Sie bestand aus einem gepolsterten Schaukelstuhl, einem kleinen runden Tischchen und zwei wuchtigen Sesseln, die zwar nicht zu dem Tisch passten, aber sehr bequem waren und ebenfalls direkt am Fenster zum Garten standen. Opa kredenzte sein köstliches Brunnenwasser, von dem er behauptete, dass es reiner und schmackhafter als übliches Leitungswasser sei.
Jetzt sah Friedrich die Gelegenheit gekommen, den vorbereiteten Fragenkatalog mit Opa anzugehen, aber ehe er sich versah, hatte Erasmus sein Lieblingsthema angesprochen. Die beiden waren überzeugt, es in allen Einzelheiten schon

hundertmal gehört zu haben, nämlich Opas Geschichten aus dem Berufsleben.

„Ich weiß nicht, ob ich euch das schon einmal erzählt habe", begann Erasmus mit sichtbarer Freude und dennoch nachdenklich wirkend. „Opa, ganz bestimmt nicht", log Josef, „und wenn schon, deine Erlebnisse sind immer so interessant, dass ich sie mir gerne auch zweimal anhöre", ergänzte Friedrich.

„Ihr wisst, ich war über vierzig Jahre in einem Warenhauskonzern tätig. Die letzten zwölf Jahre als Einkäufer waren zwar die anstrengendsten, aber auch die spannendsten. Meine Eulalia, eure Oma, hat mich selten Zuhause gesehen, denn über sechs Monate eines Jahres war ich unterwegs in Europa und Asien. Damals, in den 80er, 90er Jahren des vergangenen Jahrhunderts, standen leider die Themen Klima- und Umweltschutz längst nicht so im Fokus, wie das heute der Fall ist. Und im Nachhinein mache ich mir schwere Vorwürfe, dass ich das bei meiner Arbeit zu wenig oder gar nicht berücksichtigt habe." Da unterbrach ihn Friedrich: „Opa, was hättest du denn damals bewirken können?" „Für mich stand der Profit für die Firma an oberster Stelle. Mich haben weder die Arbeitsbedingungen noch Energieaufwand für die Produktion der Artikel interessiert. Einzelverpackungen mussten kaufanregend gestaltet werden, egal wie groß und aus welchem Material, an Vermüllung dachte ich überhaupt nicht." „Aber, Opa, deswegen musst du dir jetzt keine Vorwürfe mehr machen, das entsprach doch dem Zeitgeist", meinte Josef beschwichtigend. „Ja, Josef, genau das ist die Krux. In dreißig Jahren, wenn, durch den Klimawandel verursacht, die Gletscherschmelze den Meeresspiegel weiter so rasant ansteigen lässt, werden ganze Inselstaaten und riesige Ufer-regionen verschwunden sein. Und euer Vater, der heute noch seinen dicken Mercedes mit Verbrennungsmotor fährt, wird in dreißig Jahren, auf seine Umweltsünden angesprochen, antworten, das entsprach damals dem Zeit-geist, heute fahre ich doch ein klimaneutrales, wasserstoff-betriebenes Auto." „Opa, das leuchtet mir ein, und eines muss ich dir sagen, so selbstanklagend hast du noch nie über deinen Job gesprochen", war Friedrich sichtlich er-staunt. Josef setzte noch einen drauf: „Opa, ich ernenne dich zum Umwelt-Opa des Jahres 2016 für besondere Ver-dienste hinsichtlich der Aufklärung deiner Enkel!" „Das ehrt mich, lieber Josef, noch mehr würde es mich freuen, diese Botschaft auch euren Eltern und Oma Eulalia kund-zutun, denn deren Nachholbedarf in Sachen Klima- und Umweltschutz ist noch ausbaufähig", schmunzelte Erasmus augenzwinkernd.

Kapitel 3

Über 30 Fragen –
Erasmus bleibt keine Antwort schuldig

Nun aber konnte Friedrich sich nicht mehr zurückhalten und wollte endlich mit dem Fragenkatalog beginnen.

„Opa, hast du Lust, unsere Fragen zu deinem Leben zu beantworten?

„Natürlich, das hört sich spannend an, ich merke schon, ihr seid reifer geworden", lächelte Erasmus, während er langsam in seinem Sessel hin und her schaukelte.

„Opa, ich versuche chronologisch vorzugehen und starte mit deinem Geburtsjahr und -ort", begann Friedrich noch etwas unsicher.

„Am 9. September 1936 half mir eine Hebamme, das erste Mal in diese wunderschöne Welt zu blinzeln. Das war in einer Zweizimmer-Wohnung in Hombruch, einem Vorort von Dortmund, im industriell geprägten Ruhrgebiet. Nur drei Wochen später taufte mich Pastor Berg auf den Namen Erasmus. Die Olympischen Sommerspiele in Berlin wurden am 16. August jenes Jahres beendet und ein vom Größenwahn besessener Diktator, Adolf Hitler, regierte mit seinen Vasallen das Deutsche Reich seit drei Jahren. Übrigens, eines kann ich euch versichern, diktatorisch geführte Staaten kennen weder Menschenrechte noch den Respekt vor Staatsgrenzen, also bleibt wachsam.

Meine Mutter Maria, eine gelernte Haushälterin, war zu dem Zeitpunkt dreiundzwanzig, mein Vater Friedhelm, als Bergarbeiter unter Tage beschäftigt, sechsundzwanzig

Jahre alt. Meine beiden Großelternpaare lebten ebenfalls im selben Ort in einem Mietshaus, genau wie wir, nur etwa zweihundert Meter von unserem entfernt."

„Opa, welches ist dein erstes Kindheitserlebnis, an das du dich erinnern kannst"? , fragte Josef.

„Da muss ich gerade vier Jahre alt gewesen sein. Ich spielte gegenüber meinem Elternhaus auf einem Schulhof und hüpfte auf einem Gülledeckel. Plötzlich lockerte sich dieser und ich sackte in die stinkende Brühe und spürte keinen Boden mehr unter meinen Füßen. Zum Glück rettete mich ein jugendlicher Nachbar aus dieser misslichen Lage. Mein Vater war derzeit im Krieg, von meiner strengen, aber einmalig lieben, Mutter bekam ich kein böses Wort zu hören. Im Gegenteil, sie war glücklich, dass ich an Leib und Seele unbeschadet war.

„Opa, wann hattest du zum ersten Mal Angst"? , fragte Josef.

„Daran kann ich mich sehr gut erinnern. Es war am 12. März 1945. Meine Geburtsstadt wurde von dem schwersten Bombenangriff heimgesucht, den je eine europäische Stadt erlebte. Ursächlich galten solche Bombardements der Zerstörung von Fabriken, die Kriegsmaterial produzierten, in den letzten Kriegsjahren allerdings auch zur Einschüchterung der Bevölkerung. Ich war als Neunjähriger im Januar 1945 mit meiner Tante Hedwig aus Schlesien geflohen und in meine Heimat zurückgekehrt. Im Luftschutzkeller des Mietshauses in Hombruch suchten die Hausbesitzer, meine Mutter und ich sowie zwei weitere Familien

Schutz. Ich hörte nicht nur das Heulen und Detonieren abgeworfener Bomben, auch das Bersten von Mauern und flehende Gebete meiner Mutter. Als eine Bombe das Nachbarhaus traf, hatte ich zum ersten Mal Angst um mein Leben, aber wir hatten Glück. Danach bat ich meine Mutter, bei Fliegeralarm mit mir in einen bombensicheren Bunker zu gehen, was sie auch beherzigte. So haben wir dann unbeschadet das Ende des Zweiten Weltkriegs im Mai 1945 erleben können."

„Opa, das muss ja wirklich grausam gewesen sein", stellte Josef fest und ergänzte: „Von deiner Flucht hast du uns noch nie erzählt, welche Erinnerungen hast du daran?"

„Das ist kurz gesagt. Von 1943 bis zum 10. Januar 1945 lebte ich weit weg von meiner Mutter in Stradam, einem Dorf zwischen Oels und Groß-Wartenberg in Schlesien, das heute zu Polen gehört. Ich lebte dort wohlbehütet von meiner blitzgescheiten Tante Hedwig Moser. Sie war geschieden und hatte einen Sohn, Hans.
Grund für meine Evakuierung aus Dortmund war die Schließung sämtlicher Schulen und der damit verbundenen staatlich angeordneten Kinderlandverschickung in weniger gefährdete Regionen des Deutschen Reiches. Um zu vermeiden, dass ich zu unbekannten Pflegeeltern oder in ein Heim evakuiert würde, wie es meinen Spielgefährten passierte, die nach Süddeutschland kamen, sorgte meine Mutter dafür, dass ich mit ihrer couragierten, vierundzwanzigjährigen Schwester Gerda, die mit Tante Hedwigs Sohn verheiratet war, zu Tante Hedwig in familiäre Obhut kam.

Tante Hedwig besaß in Stradam einen Kolonialwarenladen.

Die Flucht zurück nach Dortmund mit Pferd und Wagen zusammen mit Bauer Slotta und seiner Familie, Tante Hedwig, Tante Gerda und mir begann sehr überhastet vor den immer weiter nach Deutschland vorstoßenden russischen Soldaten am eiskalten 10. Januar. Ich konnte mich nur kurz von meinem geliebten, schneeweißen Kaninchen Hansi mit den tröstenden Worten verabschieden, dass ich bald zurückkommen werde, weil die tapferen deutschen Soldaten den Krieg gewinnen werden - so hatte es mir jedenfalls Tante Hedwig eingeredet. Erschütternde Szenen spielten sich bei der Abfahrt im Dorf ab, die Menschen mussten all ihr Hab und Gut zurücklassen. Schon im nächsten Dorf wuchs der Treck von fünf auf zehn Pferdewagen, und es wurden immer mehr, und es wurde immer kälter. Meine Tante wollte mich, obwohl ich bereits zweifach Unterwäsche und Oberbekleidung trug, noch in eine Wolldecke hüllen und auf den Wagen setzen. Ich zog es jedoch vor, mit einem Seil verbunden hinter dem Wagen, her zu trotten.

In Breslau, hörten wir bereits den Geschützdonner der nahenden Front, als wir auf Betreiben meiner Tante Gerda, den Pferdewagen gegen ein Militärfahrzeug mit dem Ziel Berlin tauschten. Diese Mitfahrgelegenheit „zahlte" Gerda mit einigen Stangen Zigaretten, die sie auf Anraten von Tante Hedwig für solche Zwecke mitgenommen hatte. Gerda hatte es im Gegensatz zu Tante Hedwig eilig, mit mir in ihre Heimat zurückzukehren. Auf dem Fluchtweg übernachteten wir in Schulturnhallen und bei Privatleuten, die noch die Hoffnung hegten, dass ihnen ein Schicksal wie unseres nicht widerfahren würde. Von Berlin aus ging es in einem Viehwaggon weiter nach Dortmund. Am 23. Januar konnte mich meine Mutter überglücklich in ihre Arme nehmen."

„Danke, Opa, da hast du uns aber jahrelang ein trauriges, spannendes Erlebnis deiner Kindheit vorenthalten", sagte Josef voll Mitgefühl.

„Ab wann wusstest du, was der Unterschied zwischen Mädchen und Jungen ist"? , wollte Friedrich wissen.

„Jungs, da habt ihr euch aber heikle Fragen ausgedacht", lachte Erasmus und fuhr fort: „Zunächst waren es nur die Haare, denn Mädchen hatten damals meist lange Haare und Zöpfe. Als ich etwa acht Jahre alt war, spielte ich in Schlesien mit einer gleichaltrigen, und ebenso neugierigen Spielgefährtin Brigitte in einem Maisfeld „Onkel Doktor". Dabei untersuchten wir uns gegenseitig am ganzen Körper. Von da an wusste ich, dass Mädchen keinen Penis haben. Mehr hatte mich damals wohl nicht interessiert, sonst hätte ich bestimmt meine Tante gefragt, warum das so ist. Sexuelle Aufklärung wie ihr sie, und auch schon meine Söhne Justus und Karl in der Schule erfahren habt, gibt es in der BRD erst seit etwa 1968. Für meine Eltern muss das teuflisches Hexenwerk gewesen sein, denn die habe ich tatsächlich bis zu ihrem Tod niemals nackig gesehen."

„Opa, an welche gravierende Enttäuschung in deiner Kindheit kannst du dich erinnern?", fragte nun wieder Friedrich.

„Das hört sich zwar etwas blöd an", zögerte Erasmus, fuhr dann fort, „ich muss zehn oder elf Jahre alt gewesen sein, als meine Illusion ein bekannter Fußballspieler zu werden zerstört wurde. Bei den fast täglichen Fußballspielen mit meinen Kumpel und einem selbst zusammengenähten Stoffball auf dem Schulhof vor meinem Elternhaus entdeckte der Jugendleiter des örtlichen Sportvereins mein Talent als Verteidiger. Er fragte mich als einzigen von meinen Spielkameraden, ob ich Lust hätte in der Schülermannschaft des Hombrucher Fußballvereins mitzuspielen. Natürlich hatte ich mehr als Lust, ich war „stolz wie Oskar" und ging nach dem Match überglücklich zu meiner Mutter, um ihr von meinem Erfolgserlebnis zu berichten. Ich sehe sie noch heute vor mir, als sie mir zu verstehen gab, dass ich dafür Fußballschuhe benötige, aber dafür kein Geld in der Haushaltskasse sei. Wir beide saßen in der kleinen Wohnküche und weinten gemeinsam. Ich hatte Verständnis, weil Vater noch in Kriegsgefangenschaft war, aber mein Traum vom zukünftigen Nationalspieler war ausgeträumt."

„Den Schmerz kann ich nachvollziehen", bemerkte Josef, der erfolgreich in der Jugendmannschaft von Eintracht Frankfurt kickte.

Dann wollte Josef wissen: „Was ist deiner Meinung nach der Unterschied zwischen der Kindheit damals und heute?"

„Ich finde, wir waren früher einfallsreicher in der Gestaltung unserer Freizeit, es spielte sich bei jedem Wetter viel mehr im Freien ab. Wir haben uns beispielsweise aus Weidenholz Flöten und aus dicker Baumrinde kleine Schiffe gebastelt. Ein Taschenmesser dafür besaß ich seit meiner Zeit in Schlesien, und habe es auch während der Flucht wie einen Goldklumpen gehütet. Wir hatten Spaß beim Spiel mit dem Peitschenkreisel, beim Knickeln, und Versteck spielen. Im nicht weit vom Elternhaus gelegenen Langeloh-Wald bauten wir uns aus Ästen und Sträuchern Buden und spielten Räuber und Gendarm, ein Geländespiel, eine Mischung aus Verstecken und Fangen. Wir liefen Stelzen auf alten Konservendosen. Dafür musste man am oberen Rand der Dosen zwei gegenüberliegende Löcher bohren und die beiden Enden eines etwa 120 cm langen, dicken Seils durchführen und verknoten. So konnten wir uns auf die Dosen stellen, mit jeweils einer Hand, die sogenannten „Zügel" fassen und den Stelzenlauf beginnen. Im Herbst bohrten wir mehrere Löcher in den Boden der Dosen, füllten sie mit Laub und zündeten es an, griffen dann die „Zügel" und schleuderten die Dose. Das brennende Laub erlosch, fing an zu glimmen. Es qualmte herrlich.
Hildegard Bärwald aus dem linken Nebenhaus war gleichaltrig, hübsch und burschikos, sie spielte mit meinen Freunden und mir Fußball, brachte uns aber auch Mädchenspiele bei wie „Der Plumpsack geht herum", „Ringel,

Rangel Rose" oder „Hinkeln" und „Ball an die Wand werfen". Letzteres hat mir am besten gefallen, weil hierbei zehn unterschiedliche Schwierigkeitsgrade bewältigt werden mussten und es zu spannenden Wettbewerben kam.

Bücher, Bastelarbeiten und Sportübertragungen im Radio boten mir Abwechslung bei häuslicher Beschäftigung. So haben mir Laubsägearbeiten genau so viel Spaß gemacht wie gestalterisches Werken mit Gips und Knetmasse. Mit meiner Mutter spielte ich oft „Mensch, ärgere dich nicht". Seitdem Vater wieder daheim war noch lieber Skat, zusammen mit meinem Opa Wilhelm. Die beiden haben mir dieses Spiel früh beigebracht, weil ihnen öfter der dritte Mann fehlte. Es gab derzeit weder Fernsehen oder Handys noch Videospiele, wie ihr bestimmt wisst. Außerdem gab´s für mich keine Abwechslung durch Wochenend- und Urlaubsfahrten mit dem Auto, wie das bei euch der Fall ist. Aber euer Vater kam auch schon in den Genuss solcher Annehmlichkeiten, denn der Wirtschaftsboom der 60er bis 80er Jahre hatte breiten Bevölkerungskreisen einen besseren Lebensstandard ermöglicht."

„Damit hast du bestimmt Recht, Opa, aber mein Eindruck ist, dass deine Kindheit naturverbundener war, und du kreativer warst als wir", war Josef überzeugt. „Naturnäher schon, aber bezüglich der Kreativität stehen euch doch durch die Vielzahl an Medien ganz andere und durch Kultur- und Sportangebote wesentlich mehr Unterhaltungsmöglichkeiten zur Verfügung. Ich bin davon überzeugt, dass ihr beide dies auch sinnvoll nutzt", gab sich Erasmus optimistisch. „Wir versuchen es Opa, wobei unsere Eltern sehr oft anderer Meinung sind", gab Friedrich ehrlich zu.

„Hattest du während deiner Schulzeit einen Lieblingslehrer"? , fragte Josef.

„Ach, Kinder, das waren mehrere. Im ersten Schuljahr war es eine ältere Dame, Fräulein Stratensteffen. Sie attestierte mir auf meinem ersten Halbjahreszeugnis: „Erasmus hat einen guten Anfang gemacht." Dieser Satz hat schon damals mein Selbstbewusstsein gestärkt und Lust auf Schule gemacht. Dann kam auf Mutters Drängen die Evakuierung nach Schlesien, die ich euch eben schon geschildert habe. In dem Dorf in Schlesien war es eine junge Lehrerin, Fräulein Cebulka. An ihr imponierte mir, dass sie uns 16 Dorfkinder vom ersten bis zum vierten Schuljahr vereint in einer Klasse altersgerecht unterrichtete. Als nach meiner Flucht von dort und ein halbes Jahr nach Kriegsende der Schulbetrieb in meinem Heimatort wieder begann, war mein Klassenlehrer Rektor Heimes. Er war es, der bei meinen Eltern vorstellig wurde, um ihnen zu empfehlen, mich aufs Gymnasium zu schicken. Das hätte die Haushaltskasse aber wieder zusätzlich und unzumutbar belastet und somit wurde auch daraus nichts. Und weil zwischenzeitlich die Konfessionsschulen eingerichtet wurden, wechselte ich dann in die evangelische Harkort-Schule. Dort war ein Kriegsveteran mein Lehrer, Herr Saamann. Er weckte mein Interesse an der Kultur durch mehrere Klassenbesuche im Dortmunder Stadttheater. Im letzten Volksschuljahr schaffte er es sogar, dass wir im Schullandheim „Haus Dortmund" in Meschede im Sauerland für drei Wochen eine abenteuerliche Zeit verbringen durften. Aber auf einen Lieblingslehrer festlegen möchte ich mich nicht. Ah, da fällt mir aber gerade noch eine erwähnenswerte Episode aus der Schulzeit ein. Die einzige Backpfeife als Kind habe ich weder von meiner Mutter noch von meinem Vater bekommen, es war der Mathe- und Musiklehrer Herr Berkenkopf, der sie mir verpasste, weil ich nicht die richtige Tonlage beim Lied „Am Brunnen vor dem Tore" fand. Damals war es noch gang und gäbe, dass Lehrer auf diese Art ihre Schüler züchtigen durften."

„War dein Vater noch in Kriegsgefangenschaft, als das Haushaltsgeld knapp war"? , fragte Josef.
„Nein, er kam 1946 aus der Kriegsgefangenschaft zurück und war wie vor dem Krieg wieder auf der Zeche tätig, wo er sich bei einem Strebbruch unter Tage eine Fußverletzung zuzog, die ihm einen halbjährigen Krankenhausaufenthalt bescherte. Also war Mutter Maria wieder gefordert, wie schon vor Vaters Heimkehr, für den Lebensunterhalt zu sorgen. Sie war aushilfsweise sowohl im Verkauf als auch im Lager bei Karstadt, früher hieß es noch Althoff, in Dortmund tätig. Aber wie so manches im Leben war Vaters Unfall tatsächlich ein „Glücksfall", da es schließlich der Grund war, den Beruf zu wechseln. So kamen wir vom Kohlenpott in diese schöne Gegend, wo die Eltern dieses Haus zunächst vom Forstamt zur Miete übernahmen, später für einen Freundschaftspreis erwerben konnten und einige Umbauten im Laufe der Zeit vornahmen."

„Opa, musstest du als Kind auch Pflichten im Haushalt übernehmen?", wollte Friedrich erfahren.

„Das klingt ja fast so, als müsstet ihr euch Zuhause überarbeiten". „Nein, ganz so schlimm ist es nicht", meinte Friedrich, doch Josef widersprach: „Es ist die Pingeligkeit unserer Mutter, die mir auf den Senkel geht. Es vergeht kein Tag, an dem sie nicht an meinen Ordnungssinn appelliert, sei es im Kinderzimmer, auf meinem Schreibtisch, in meinem Wäscheschrank oder im Badezimmer."
„Na ja, solange ihr eure Füße unter den elterlichen Esstisch stellt, solltet ihr Mutters Hausordnung schon akzeptieren, gab Erasmus zu bedenken, um dann auf Friedrichs Frage einzugehen.
Wenn es nach meiner Mutter gegangen wäre, hätte ich daheim keinen Handschlag tun müssen. Es war mein strenger Opa Wilhelm, der Vater meiner Mutter, der meiner Mutter ernsthaft riet, dass das Erledigen kleiner Aufgaben im Hause für mich erzieherisch sehr wichtig sei. Ich muss wohl gerade in die Schule gekommen sein, als sie mich das erste Mal bat, einen Eimer Kohlen aus dem Keller zu holen, damit sie mir auf ihrem stets blank polierten Küppersbusch-Kohleherd das Mittagessen kochen könne. So klar argumentiert, sah ich das auch ein, und fortan fand ich sogar Spaß daran. Danach durfte ich auch regelmäßig die Asche aus dem Ofen in die auf dem Hof stehende Abfalltonne transportieren. Während meiner Zeit in Schlesien freute ich mich auf ähnliche Aufträge von Tante Hedwig, die es klugerweise verstand, mir für die Erledigung stets eine weniger nahrhafte aber süße Belohnung in Aussicht zu stellen. So gehörte es auch zu meinen Aufgaben, den Inhalt des stinkenden Toiletteneimers im Garten oder auf

der dahinter befindlichen Wiese zu vergraben. In Tante Hedwigs bescheidenem Häuschen gegenüber ihrem Lebensmittelgeschäft auf der anderen Seite der Dorfstraße befand sich nämlich die Toilette im Schuppen hinter dem Wohnhaus. Sie bestand aus einem Holzstuhl mit großem Loch in der Sitzfläche und darunter stehendem Eimer.

Also, Kinder, was lernen wir daraus? Es kann nicht verkehrt sein, früh genug damit anzufangen, auch unangenehme Aufgaben zu übernehmen. Mir jedenfalls hat es nicht geschadet."

„Gut und schön, Opa, aber ich glaube nicht, dass ich das mit der Toilettenentsorgung übernommen hätte", gab Josef ehrlich zu.

„Opa, hattest du auch Freunde"? , fragte Friedrich.

„Na klar, als ich das erste Jahr in Dortmund-Hombruch zur Schule ging, holte mich jeden Schultag mein gleichaltriger Freund, Jürgen Baumeister, der eine Straße weiter wohnte, von zu Hause ab. Wir teilten uns auch eine Schulbank. Die Schulbänke, die ihr gar nicht mehr kennengelernt habt, waren Schreibpult und Sitzbank für zwei Kinder in einem. Leider ist Jürgen, dessen Vater im Krieg gefallen war, mit seiner Mutter 1943 nach Süddeutschland gezogen.

In Schlesien war es Günter, den Nachnamen habe ich vergessen, mit dem ich gemeinsam durch Wald und Feld stromerte. Er half mir auch des Öfteren beim Entleeren des Toiletteneimers, was besonders im Winter bei strenger Kälte recht schwierig war.

Später, wieder in Dortmund, waren es die Kumpel der Leostraßen-Clique: Hubert Schubert, ein langer, dünner Nachbarsjunge aus dem rechten Nebenhaus, Wolfgang

Siegebrecht, Otto und Werner Kohlhas, sie wohnten vier Häuser weiter, alle in meinem Alter. Der älteste meiner Freunde war der robuste vierzehnjährige Lockenkopf Willi Mohnhaupt. Willi war ein wahrer Häuptling, nach Indianersitte hatte er uns zu Blutsbrüdern gemacht, indem wir uns mit einer Nähnadel in den Finger stechen und die blutenden Finger gegeneinanderhalten mussten. Uns zog es sehr oft in den nahegelegenen Langeloh-Wald, den ich vorhin schon erwähnte, um uns einen Wigwam zu bauen und uns darin wie Winnetou und Old Shatterhand zu fühlen. Nachdem Jürgen umgezogen war, holte mich mein Klassenkamerad Horst Plümer auf dem Weg zur Schule ab. Er war Bäckersohn aus der Tannenstraße. Jeden Morgen pünktlich eine Viertelstunde vor Unterrichtsbeginn stand er vor unserem Wohnhaus auf der gegenüberliegenden Straßenseite und ließ sein unvergessenes, unüberhörbares „Eeeeeeraaaaasmuuuuus" erschallen, damit wir gemeinsam den Schulweg antreten konnten. Auch mit ihm verbrachte ich wöchentlich einen Spielnachmittag, mal bei ihm, mal bei mir. Er fand meine alte Dampfmaschine die mit Esbit befeuert wurde, so interessant, dass meine Mutter uns meistens darauf aufmerksam machen musste, dass bald Schlafenszeit sei.

Dann lernte ich nach unserem Umzug nach Böllstein meinen gleichaltrigen Freund Ludwig Krämer kennen, der mich netterweise sofort mit der Dorfjugend bekannt machte, und mit dem ich ausgedehnte Wochenendwanderungen nach Hirschhorn am Neckar, Miltenberg am Main und in die nähere Umgebung unternahm. Wir schliefen im Zelt, die Rucksäcke waren von Muttern liebevoll mit Proviant gefüllt.

Ein Datum aus jener Zeit bleibt mir unvergessen, der 4. Juli 1954, der Tag, an dem die deutsche Fußball-National-mannschaft erstmals Weltmeister wurde im Spiel gegen Ungarn mit einem 3:2 Sieg. Aus diesem Anlass hatten Ludwigs Eltern meinen Vater und mich zum Fernsehgucken in ihre gemütliche Bauernstube eingeladen, da wir noch keinen Fernseher besaßen. Diesen Tag werde ich nie vergessen, weil ich zum Fan unserer Nationalmannschaft wurde, und ich erstmals in meinem Leben nahezu volltrunken war."

„Opa hast du noch Kontakt zu dem einen oder anderen deiner Freunde"? , fragte Friedrich.

„Leider nur noch zu Ludwig und Peter Schulzendorf, was auch mit dem Umzug meiner Eltern zusammenhing. Peter Schulzendorf lernte ich nach der Lehrzeit im Beruf kennen. Mit ihm habe ich einmal pro Jahr eine einwöchige Erlebnistour in eine europäische Hauptstadt unternommen. In späteren Jahren wurden daraus auch schon mal zwei- oder dreiwöchige Urlaube mit unseren Frauen. Er wohnt jetzt in Nürnberg. Da unsere Reiselust nachgelassen hatte, telefonierten wir bis vor zwei Jahren einmal wöchentlich miteinander. Ihm habe ich, bevor ich mich hierher zurückgezogen hatte, von meinem Wunsch nach Einsamkeit erzählt. Er hatte mit Engelszungen versucht, es mir auszureden."
„Opa, das hört sich richtig gut an, du musst wohl recht kommunikativ und anpassungsfähig gewesen sein", lobte Friedrich. „Ich kann euch versichern, dass ich mich an keine langweilige Stunde in meiner Kindheit erinnere, trotz

fehlender Computerspiele, Fernsehen und ähnlichen technischen Abwechslungsmöglichkeiten", erwiderte Erasmus mit gewissem Stolz in der Stimme.

„Was waren deine Lieblingsbücher während der Schulzeit"? , das interessierte nun Josef, die Leseratte.

„Von Grimms Märchen, die mir meine Mutter in der Vorschulzeit vorm Zubettgehen vorgelesen hatte, gefiel mir Aschenputtel am besten.
Ich weiß nicht mal warum, aber die Geschichte musste mir Mutter immer zweimal hintereinander vorlesen, allerdings schlief sie beim zweiten Mal meistens eher ein als ich. Später waren es Karl May Romane, wovon ich bestimmt ein Dutzend gelesen habe, mein Favorit war Winnetou 1. Lustig fand ich die Geschichten in dem Buch „Max und Moritz" von Wilhelm Busch, das ich von meiner Oma Maria zum zehnten Geburtstag geschenkt bekam, ich habe es bestimmt zigmal gelesen.
Bevor ihr mich nach meinen Kinohits aus dieser Zeit fragt, kann ich euch sagen, dass ich mit zwölf Jahren erstmals ein Kino von innen sah. Das lag daran, dass die meisten Kinos nach dem Krieg in Schutt und Asche lagen. Als im Dortmunder Norden das erste Kino wieder eröffnete, waren es Wildwest-Filme mit Tom Mix, die ich mir mit meinen Freunden aus der Leostraßen-Clique gemeinsam ansah. Dafür nahmen wir einen Fußmarsch von rund zehn Kilometern in Kauf, weil die 50 Pfennige Taschengeld im Monat nur für die Hinfahrt mit der Straßenbahn und die Eintrittskarte reichten. Auf dem langen Rückweg wurden die spannendsten Szenen von uns mehrfach simuliert, wobei

wir unbändigen Spaß hatten und die Zeit wie im Flug verging."

**„Opa, was habt ihr in den Schulferien unternommen"?
, war Friedrichs vorbereitete Frage.**

„Kinder, da gibt's nicht viel zu erzählen. Da gab's den Bauernhof mit Gasthof von Onkel Paul, einem sehr netten Kriegskameraden meines Vaters, in Moyland bei Kleve. Meine Eltern machten dort zwei bis drei Wochen Urlaub im Jahr, was bedeutete, sie machten Urlaub vom heimischen Alltag, Mutter arbeitete in der Gastwirtschaftsküche mit, Vater half auf dem Feld oder im Schweinestall. Die Erholung fand am Abend in gemütlicher Runde am Stammtisch statt. Ich durfte, und habe es gern getan, mit Opa Eberhard, dem Postmann des Dorfes, Briefe und Pakete mit dem Fahrrad ausfahren. Zum Stromern hatte ich das ländliche Umfeld und die Ruine von Schloss Moyland. Mit dem Drahtesel machte ich damals als Zwölfjähriger auch eine Tour nach Kranenburg. In dem zwanzig Kilometer entfernten Ort stand ich das erste Mal in meinem Leben vor einer Staatsgrenze; bei der Rückkehr berichtete ich meinen Eltern stolz, dass ich die Grenzposten der Niederlande gesehen hatte. An ein vereintes Europa ohne Grenzen war zu jener Zeit im Traum nicht zu denken.
Wieder daheim, arbeitete ich den Rest der Sommerferien, wie übrigens auch in den Herbstferien, für fünfzig Pfennige pro Sechsstundentag inklusive Verpflegung beim fünf Kilometer entfernten Bauern Lueg in Groß-Holthausen, an fünf Wochentagen. Es war hauptsächlich die Verpflegung, von der ich einige Stullen mit nach Hause nehmen durfte, die Mutters Haushaltskasse entlastete. Das Fahrrad, mit

dem ich seinerzeit unterwegs war, hatte ich mir vom Schrottplatz besorgt, wo ich ein verrostetes Gestell mit Rädern fand und mit Hilfe meines Vaters wieder aufpoliert und fahrbar gemacht hatte."

„Also, Opa, wenn ich mir das alles so anhöre, hattest du eine verdammt bescheidene aber abwechslungsreiche Kindheit, warum war das so"? , fragte Friedrich einfühlsam und gleichzeitig anerkennend.

„Das stimmt, hängt aber ursächlich mit zwei verlorenen Kriegen zusammen", sprach Erasmus, während er das Schaukeln in seinem Sessel kurz einstellte und einen Schluck aus dem Wasserglas nahm.

„Ich beginne mal mit der Zeit, als eure Urgroßeltern lebten, Opa Friedhelm von 1910 bis 1985 und Oma Maria, an die ihr euch noch gut erinnern könnt, von 1913 bis 2010. Oma Eulalias Eltern kamen bei einem Zugunglück ums Leben, als Eulalia erst vier Jahre alt war. Sie wurde danach bis zu ihrem achtzehnten Geburtstag in einem katholischen Waisenhaus in Frankfurt-Niederrad liebevoll und streng erzogen.

Das deutsche Kaiserreich existierte ab 1871, zuerst unter Kaiser Wilhelm I., dann folgten 1888, im legendären Dreikaiserjahr, Friedrich III. und Wilhelm II. Der Weltkrieg von 1914 bis 1918 war der erste totale und industriell geführte Krieg der Menschheitsgeschichte, er erstreckte sich über Teile in Europa, Afrika, im Nahen Osten und Asien, insgesamt vierzig Länder waren daran beteiligt und etwa siebzehn Millionen Menschen verloren ihr Leben. Er begann mit der Ermordung des österreich-ungarischen Thronfolgers Franz Ferdinand und seiner Frau in Sarajewo und endete mit einer Niederlage, die das Ende des von eurem Ururgroßvater geliebten Kaiserreichs bedeutete. Er, der aus Ostpreußen stammende Wilhelm Pohlschröder, kämpfte auch für Kaiser und Vaterland und wurde in der Schlacht bei Verdun als Infanterist verwundet. Er war übrigens mit Hermine verheiratet. Sie kamen um die Jahrhundertwende 1899 ins Ruhrgebiet, als hier die beginnende Industrialisierung bessere Verdienstmöglichkeiten versprach, und euer Ururopa Wilhelm fand Arbeit als Walzwerker bei Hoesch in Dortmund und eine Wohnung im Vorort Hombruch. Nach dem verlorenen 1. Weltkrieg begannen unruhige politische Zeiten. Die Weimarer Republik mit ihrem ersten Reichspräsidenten Friedrich Ebert existierte von 1918 bis 1933. Nach Eberts Tod im Jahr 1925 folgte als Reichspräsident Paul von Hindenburg. Es war der erste praktische Versuch Deutschlands mit einer demokratischen Staatsform. Ihr fehlte es aber an Rückhalt in der Bevölkerung. Massenarbeitslosigkeit, Kriegsschäden und Reparationsforderungen aus dem verlorenen Krieg lasteten schwer auf der jungen Demokratie. Europaweit erlangten antidemokratische Strömungen Aufwind. In Deutschland wuchs mit dem Nationalsozialismus eine Massenbewegung, die vielen Bürgerinnen und Bürgern ein Ende des politischen Chaos versprach. Mit der Folge, dass am 30. Januar 1933 Paul von Hindenburg den Vorsitzenden der Nationalsozialistischen Arbeiterpartei und Führer der stärksten Reichstagsfraktion, Adolf Hitler, zum neuen Reichskanzler ernannte. Was die Nazis anstrebten, war die politisch-gesellschaftliche Umgestaltung Deutschlands. Dieser gemeine Diktator österreichischer Herkunft schaffte es anfangs durch Vollbeschäftigung im ganzen Land, die Zukunftsangst der Bürger in Selbstvertrauen und soziales Ansehen zu wandeln. Und beendet wurde diese zwölfjährige schreckliche Diktatur mit der bedingungslosen Kapitulation Deutschlands gegenüber den Alliierten am 7. Mai 1945 und dem feigen Selbstmord Adolf Hitlers, nachdem weltweit etwa 70 Millionen Menschen dem 2. Weltkrieg zum Opfer gefallen waren. Deutschland lag in Schutt und Asche, und in meiner Wahrnehmung als zehnjähriges Kind war das Normalität, im Gegensatz zu den Erwachsenen, sie müssen wieder von unsagbaren Zukunftsängsten geplagt worden sein. Deutschland wurde in vier Besatzungszonen geteilt, in eine britische, amerikanische, französische und sowjetische, Berlin erhielt einen Sonderstatus. Dank amerikanischer Hilfsaktionen wurden in den ersten Nachkriegsjahren Hungersnöte weitgehend gemindert.

Nun zurück zu eurer Frage, ich war damals, trotz der widrigen Lebensverhältnisse, ein glückliches Kind, auch wenn meine Eltern damals stets im unteren Level der wirtschaftlichen Möglichkeiten lebten. Gottseidank änderte sich das in den fünfziger Jahren des vergangenen Jahrhunderts. Mit dem beginnenden Wirtschaftswunder in der BRD wuchs auch die Lebensfreude breiter Bevölkerungskreise, so auch die meiner Eltern."

„Opa, erstmal großes Kompliment für dein Geschichtswissen, und dann muss ich zugeben, dass es meiner Generation heute entschieden besser geht, ohne Krieg und mit einer florierenden Wirtschaft", war Josef überzeugt. „Kinder, das wird euch nicht auf Ewigkeit geschenkt, dafür müsst ihr permanent kämpfen. Ich denke dabei an den Klima- und Umweltschutz, die Flüchtlingsprobleme, destruktives Gedankengut bei Rechtsradikalen, all das kann unser demokratisches Staatsgefüge ins Wanken bringen, und schwups, landen wir wieder in den 20er und 30er Jahren des vergangenen Jahrhunderts", wurde Erasmus nachdenklich.

„Lieber Opa, mach dir keine Sorgen, wir versprechen dir, alles dafür zu tun, dass es auch künftig in die Richtung laufen wird, die du dir wünscht", versuchte Josef seinem Opa Zuversicht zu geben.

„Hat dir dein Vater mal etwas von seiner Soldatenzeit erzählt"? , fragte Josef.

„Das war nicht viel, und ich glaube das lag daran, dass er als überzeugter Nazi, noch jahrelang nach seiner Rückkehr aus der Kriegsgefangenschaft und dem verlorenen Krieg von einem „Looser-Gefühl" gequält wurde. Aufgrund meiner Evakuierung nach Schlesien habe ich meinen Vater eigentlich erst als zehnjähriger Knabe kennengelernt. Sicher habe ich ihn während seiner Fronturlaube auch erlebt, aber erinnern kann ich mich daran absolut nicht. Und gewiss hat oder hätte er mir damals euphorisch von den Siegeszügen der deutschen Wehrmacht und dem größten Feldherrn aller Zeiten, der spöttisch als „Gröfaz" tituliert wurde und Adolf Hitler hieß, erzählt. Ich weiß von ihm, dass er bereits 1939, noch vor Ausbruch des Krieges, eine paramilitärische Ausbildung in einer Kaserne in Minden hatte, dann am Polen-Feldzug als Obergefreiter bei den Pionieren teilgenommen hatte. Als dann Norwegen am 09.April 1940 von der deutschen Wehrmacht unter dem Decknamen „Weserübung" überfallen wurde, war mein Vater dabei. Sein Transportschiff „Friedenau", von Danzig an der Ostsee kommend, wurde am 10.04.1940 von einem britischen Torpedo getroffen und sank. Vater wurde nach einstündigem „Badevergnügen" im eiskalten Skagerrak von einer anderen Flottille gerettet. Bis Herbst 1944 war er Besatzungssoldat in Norwegen, wurde dann an der Westfront in Holland eingesetzt, wo er in Gefangenschaft geriet, in einem gefährlichen Minenräumkommando tätig war, und 1946 entlassen wurde."

„Opa, du erwähntest vorhin deine Großeltern, also unsere Ururgroßeltern, welche besonderen Erinnerungen hast du an sie"? , fragte Friedrich.

„Sie wohnten beide, also Friedhelms und Marias Eltern, im selben Haus in der Leostraße, nur etwa fünfhundert Meter von meinem Elternhaus entfernt. Meine Opas hießen Wilhelm Pohlschröder und Walter Eisenblätter, Wilhelm stammte aus Elbing in Ostpreußen und ist der Vater eurer Uroma Maria und ihrer neun Jahre jüngeren Schwester Gerda. Verheiratet war er mit der ebenfalls aus Elbing stammenden Hermine. Ihn habe ich als ernsten, sparsamen und strengen Zeitgenossen wahrgenommen. Immer wenn ich mit ihm in seinen Schrebergarten gehen durfte, musste ich eine kleine Handkarre ziehen und unterwegs auf der Straße gefundene Pferdeäpfel mit Schaufel und Handfeger in die Karre befördern." Da unterbrach ihn Josef mit der Frage: „Wie kamen denn die Pferdeäpfel auf die Straße, Opa?" „In den ersten Jahren nach dem Krieg waren mehr Pferdewagen als Autos auf den Straßen unseres Ortes unterwegs, und für Opa Wilhelm war die „Pferdekacke" eine günstige Gelegenheit an Dünger zu kommen. Nach getaner Arbeit, bei der ich nicht zuschauen, sondern stets zupacken musste, erzählte er mir gerne in der mit Weinlaub umgebenen Gartenlaube von seiner Kindheit in Ostpreußen sowie des Kaisers ehemaligen Kolonien und von Cecilie, der letzten Kronprinzessin des Kaiserreiches, die ihn und andere Verwundete aus der Verdun-Schlacht im Krankenhaus in Berlin-Tempelhof besucht hatte. Seine Frau, meine Oma Hermine, war sehr gläubig und gutmütig.

Walter und Frieda Eisenblätter, waren gebürtige Hombrucher und die Eltern von Friedhelm, meinem Vater, und Leopold, seinem älteren Bruder. Opa Walter war Bergmann und Frührentner wegen schwerer Staublunge. Leider starb er bereits kurz nach dem Einmarsch der Amerikaner in unseren Ort im April 1945. Wenn er Begleitung für seine kurzen Spaziergänge in die umliegenden Felder brauchte, vergaß er mich nie und erfand dabei die faszinierendsten Geschichten über sprechende Tiere und Bäume. Bei seinen Verschnaufpausen, bei denen er stets eine Kneipe fand, freute ich mich über die spendierte Brause, während er sich ein Pils und einen Korn gönnte. Oma Frieda war recht bequem, ich erlebte sie meistens in ihrem großen Ohrensessel sitzend und Romane lesend, aber die schönsten und leckersten Weihnachtgeschenke bekam ich von ihr. Nach dem Krieg lag neben Gebäck, Äpfeln und Orangen fast immer eine Kokosnuss auf einer riesigen Glasschale und dazu fand ich, bestimmt auf Empfehlung meiner Eltern, auch immer ein Geschenk von meinem Wunschzettel. Ich erinnere mich an einige Highligths, die ich im Laufe der Jahre von ihr bekam, so war es einmal eine schwarze „6x6 Box" aus Plastik, mein erster Fotoapparat, dann ein Trix-Metallbaukasten oder gebrauchte Roll- und Schlittschuhe von Opa.

Bei Oma Hermine und Opa Wilhelm waren die Geschenke immer etwas bescheidener, dafür war es bei ihnen feierli-

cher. Andächtig trug Oma Hermine vor dem von Wachs-
kerzen beleuchteten und mit Silberkugeln und Lametta ge-
schmückten Weihnachtsbaum die Weihnachtsgeschichte
aus dem Lukas Evangelium auswendig vor. Danach wurde
regelmäßig „Stille Nacht, heilige Nacht" gemeinsam gesungen."

**„Welche sportlichen Ambitionen hattest du"? , wollte
Josef, der Kicker von der A-Jugend-Mannschaft von
Eintracht Frankfurt wissen.**

„Leider hielt sich das Mannschaftsportliche berufsbedingt
in Grenzen und konzentrierte sich auf die Fan-Leiden-
schaft zur Fußball-Nationalmannschaft der Männer. Hier
ließ ich keine Gelegenheit aus, um ihre Spiele im Fernsehen zu verfolgen. Aber auch Stadionbesuche, wann immer
möglich, ließ ich mir nicht entgehen. Zur Weltmeister-
schaft im Jahre 1974 wurde ich Zeuge der blamablen 0:1
Niederlage gegen die DDR im Hamburger Volksparksta-
dion, habe danach im Düsseldorfer Rheinstadion in einer
sagenhaften Regenschlacht die Wiedergeburt einer kämp-
ferischen, in der zweiten Halbzeit taktisch hervorragend
eingestellten Mannschaft im Spiel gegen Schweden erlebt.
Das spannende Spiel endete nach einem 0:1 Halbzeitstand
und zwischenzeitlichem 2:2 mit einem 4:2 Sieg für unser
Team und war der Schlüssel zur errungenen Weltmeister-
schaft gegen die Niederlande. 1988 konnte ich in Verbindung mit meiner Auslandstätigkeit ein Spiel unserer Elf bei
den Olympischen Spielen in Seoul in Südkorea besuchen.
Wir spielten im Halbfinale gegen Brasilien und gingen
nach 120 Minuten beim Stand von 1:1 ins Elfmeterschie-
ßen und dabei mit Pauken und Trompeten unter. Mit einem

3:0 Sieg gegen Italien erspielte unsere Elf die Bronze-Medaille.

Einen besonderen Höhepunkt erlebte ich gemeinsam mit eurem Vater 1996 im Wembley-Stadion. Es war das Endspiel um die Europa-Meisterschaft gegen Tschechien, das unsere Mannschaft mit dem „Golden Goal" zum 2:1 in der Verlängerung gewann. Hier erlebten wir ein tolles Spiel in einer begeisternden Atmosphäre.

Nun zu meinen aktiven sportlichen Ambitionen, die von täglichen Gymnastikübungen, wöchentlichem Jogging, späterem Walking - ich bin ja nicht jünger geworden – und Wandern geprägt waren. Heute beschränkt sich das nur noch auf die tägliche Gymnastik und das Radeln auf meinem Hometrainer."

„Opa, jetzt muss ich dich doch ein bisschen bedauern", meinte Friedrich. „Warum denn das"? , fragte Erasmus erstaunt. „Weil du hier ohne den Fernseher deine Leidenschaft zur Fußball-Nationalelf nicht ausleben kannst", grinste Friedrich ihn schelmisch an. „Da irrst du dich, mein Lieber, dafür bin ich gerngesehener Gast bei meinem Freund Ludwig", war Erasmus Reaktion mit noch breiterem Grinsen.

Kapitel 4

Erasmus öffnet das geheimnisvolle Geschenk

Die durch das Wohnzimmerfenster schimmernde Abend-
sonne ließ die antiken von Erasmus Eltern stammenden,
Eichenmöbel in altem Glanz, aber recht düster, erscheinen
und Erasmus daran erinnern, dass es Zeit fürs Abendbrot
wurde. „Boys, ich begebe mich mal kurz in die Küche und
bereite das Abendessen vor, es wird Spiegeleier mit Bratkartoffeln geben, was möchtet ihr dazu trinken"? , fragte
er, indem er sich erhob und sich in Richtung Küche entfernen wollte. „Stopp, Opa, ich bevorzuge selbstverständlich
dein Brunnenwasser, und können wir dir in der Küche helfen"? , meinte Friedrich und fügte gleich hinzu, „das frage
ich dich auch im Namen meines Bruders, stimmt es Josef?"
„Na, klar", war Josefs Antwort. „Das ist sehr aufmerksam,
was euer Hilfsangebot angeht, aber lasst mich das mal alleine machen, ich tue es gerne für euch", sagte es und ver-
schwand.
Josef und Friedrich tuschelten miteinander, damit Opa
nichts hören konnte. „Wann wird Opa wohl unser Glücks-
pfeil-Geschenk öffnen"? , war Friedrich neugierig. „Ich
denke, bei passender Gelegenheit sollten wir ihm einen
Wink geben", flüsterte Josef. „Mit unserem Fragenkatalog
sind wir auch schon recht weit gekommen", ergänzte er in
normalem Tonfall.
Draußen hörten die Boys ein Huhn gackern und Friedrich
kam auf die lustige Idee, Opa in der Küche zuzurufen:
„Opa, deine Lisa teilt dir soeben mit, dass sie für unser
Abendessen ein Ei gelegt hat." „Du Schelm, dann gehe so-

fort raus, und bring mir das Ei, mir fehlt noch eins", antwortete Erasmus schlagfertig. Währenddessen war Josef bereits herausgeeilt und fand zwei Eier im Hühnerstall. Stolz übergab er sie dem Opa mit den Worten: „Nachdem ich die Eier gefunden hatte, habe ich lauthals „Danke, liebe Lisa" in den Stall gerufen, und dafür bekomme ich bestimmt gleich ein Spiegelei mehr." „Das hast du dir verdient", ulkte Opa.

„Wenn wir Opa in der Küche nicht helfen dürfen, sollten wir wenigstens den Tisch decken", ermunterte Josef seinen Bruder. „Prima Idee", antwortete Friedrich, und holte Teller, Besteck und eine Menage mit Salz und Pfeffer aus dem Wohnzimmerschrank. Josef suchte und fand im selbigen einen Kerzenständer mit weißer Kerze, Streichhölzer, Servietten und Trinkgläser. So hatten sie im Handumdrehen, dem mit fein gemusterten gelblichen Fliesen ausgelegten Esstisch einen festlichen Touch verliehen. Dabei fiel ihnen ein, neben der brennenden Kerze auch das Geburtstagsgeschenk zu präsentieren, das Opa auf der Dielenkonsole abgelegt hatte.

Während sich die beiden in der Nähe des Kamins eingerahmte, alte Familienfotos von Opas Eltern, Maria und Friedhelm, ansahen, öffnete Erasmus die Durchreiche von der Küche zur Essecke und stellte dort die Schüssel mit Bratkartoffeln ab. Als er dann mit zwei Bratpfannen voller Spiegeleier ins Zimmer kam, um den Tisch zu decken, war ihm die Freude über die unerwartete Unterstützung seiner Enkel im Gesicht abzulesen. „Jungs, das finde ich ganz toll von euch, so feierlich mit Kerzenlicht habe ich seit zwei Jahren nicht mehr gespeist, ja, meine Eulalia hatte dafür auch ein Faible und ehrlich gesagt, vermisse ich es auch schon ab und an. Und das Päckchen auf dem Tisch ist wohl auch ein Wink mit dem Zaunpfahl", war Erasmus freudig überrascht.

Nachdem Josef noch eine Karaffe voll Brunnenwasser gezapft hatte, ließen die Boys ihren Großvater hochleben, stießen fröhlich an und prosteten sich zu: „Auf deine Gesundheit und ein langes Leben, lieber Opa." „Danke, und nun lasst es euch gut schmecken", war er sichtlich gerührt. Nach dem Essen kam Erasmus nicht umhin, endlich sein Geschenk auszupacken. Gespannt verfolgten die Zwillinge Opas ungeschicktes entfernen der bunten Schleife und des dekorativen Geschenkpapiers. Als Erasmus dann ein Handy zum Vorschein brachte war alles andere als Freude in seinem Gesicht abzulesen. „Lieber Josef, lieber Friedrich, ihr wisst doch, dass ich mich von derlei Kommunikationsmitteln vor zwei Jahren konsequent verabschiedet habe, was hat euch dennoch dazu veranlasst, mir so etwas ins Haus zu schleppen"?, war Opa sichtlich enttäuscht. Genau diese Reaktion hatten die beiden erwartet und sich entsprechend vorbereitet. „Lieber Opa, wir haben uns gedacht, dass du in deinem Alter auch mal Hilfe brauchst, sei es bei einem plötzlichen Unfall im Haus oder Garten oder sonstiger Gefahr an Leib und Leben in dieser gottverlassenen Gegend. Dafür haben wir dir die Notrufnummern der Polizei und des Rettungsdienstes auf dem Gerät gespeichert, also betrachte das Handy lediglich als eine Notfallhilfe, denn nicht nur wir, auch deine Frau, Schwiegertochter und dein Sohn machen sich Sorgen um dein Wohlergehen", war Josefs einstudierter Hinweis, und einen entscheidenden Glückspfeil hatten die beiden noch immer im Köcher.

Kapitel 5

Eine Überraschung kommt selten allein

Als seien Josefs Worte nicht angekommen, legte Erasmus das Handy mit einem kaum wahrnehmbaren „Dankeschön" zur Seite.

Während die Boys mit dem Abräumen des Geschirrs beschäftigt waren, zog sich Erasmus gedankenverloren wieder auf seinen Schaukelstuhl ins Wohnzimmer zurück. Erst, als nicht mehr zu überhören war, dass die beiden auch das Geschirr spülten, wurde ihm klar, dass sein Verhalten gegenüber den Knaben mehr als unhöflich war. Aber so war der Sturkopf Erasmus nun mal, und für seine Enkelkinder war es keine Überraschung. Natürlich hatte ihnen ihre Oma Eulalia des Öfteren davon erzählt und ebenso davon, dass er nur Augenblicke später sein Fehlverhalten bereute. So war es auch an seinem Ehrentag wieder.

Erasmus überhäufte die Zwillinge mit Komplimenten für ihre freundliche Unterstützung. „Opa, das haben wir doch gerne gemacht und ist nicht der Rede wert", war Friedrichs Reaktion und ergänzte, während Josef bereits in Opas Kuschelecke Platz genommen hatte, „ist es dir recht, wenn ich den Kerzenleuchter mit der brennenden Kerze vor uns auf das kleine Tischchen stelle?" „Na, klar, dabei werden glückliche Erinnerungen in mir geweckt, und außerdem dürft ihr euren Fragenkatalog weiter abarbeiten", gab sich Erasmus wieder entspannt. „Ich hole uns noch die Wassergläser und die Glaskanne mit deinem köstlichen Brunnenwasser, dann kann´s losgehen", sprach Josef und tat es.

„Opa, eine Frage, die uns besonders interessiert, ist, wie hast du die Kindheit deiner Kinder erlebt"? , wollte Friedrich wissen.

Erasmus stoppte die Schaukelei im Sessel, zupfte mehrmals an seinem grauen Kinnbart, so lange hatte er sich bisher für eine Antwort noch bei keiner Frage Zeit gelassen.

„Diese Frage kann euch eure Oma wesentlich ausführlicher beantworten, denn bei mir weckt sie hauptsächlich Schuldgefühle. Eulalia war es auch, die in all den Jahren die tägliche Betreuerin und spätere Ansprechpartnerin für unsere Söhne blieb. Mir blieben quasi nur die Sonntage und die Zeit während des dreiwöchigen Urlaubs, mich mit ihnen zu beschäftigen, weil meine tägliche Arbeit im Einzelhandel bereits begann, als die Kinder noch schliefen, und endete, als sie bereits wieder im Bett lagen. Es gab damals noch keine Fünftagewoche mit vierzig Arbeitsstunden. Und weil es mein Bestreben war, im Beruf etwas zu erreichen und mir mein Arbeitgeber alle Chancen dazu bot, musste ich in allen Positionen, in denen ich tätig war, in der Regel zwischen siebzig und fünfundsiebzig Stunden an sechs Tagen in der Woche arbeiten. Aber im Hinterkopf tröstete mich stets der Gedanke, „du machst das auch für deine Familie". Heute weiß ich, dass ich eurer Oma eine große Bürde auferlegt, sie aber dadurch auch ein enormes Selbstbewusstsein entwickelt hatte, denn sie begleitete die Kinder pädagogisch erfolgreich bis zum Abitur.

Ich fuhr damals einen gebrauchten Opel Rekord, mit dem wir an sonnigen Sonntagen regelmäßig Ausflüge in den Taunus, Hunsrück und Spessart unternahmen. Fast jedes zweite Wochenende waren wir hier im Haus, sehr zur Freude meiner Eltern, Justus und Karl. Meine Mutter war eine gute Köchin, Spezialgebiet Hausmannskost, was wir alle zu schätzen wussten, und eine Expertin im Stricken. Sie hatte stets Wolle auf der Nadel, mal wurden es Strümpfe, mal Mützen oder Pullover für die Kinder. Mein Vater hatte, dort wo jetzt der Hühnerstall steht, eine große Sandkiste gebaut, in der Justus, übrigens meines Vaters Lieblingsenkel, und Karl gerne stundenlang spielten. Zu jener Zeit verbrachten wir die Sommerurlaube entweder in Scharbeutz an der Ostsee oder auf der Insel Sylt. Hieß das Ziel Sylt, wollte Justus grundsätzlich von Römö in Dänemark mit der Fähre anreisen, er schwärmte schon Wochen vorher von der kurzen Schiffspassage. Und während der Autofahrt dorthin, wohlwissend dass sein kleiner Bruder wasserscheu und ängstlich war, erzählte er ihm vom Untergang der Titanic. Ja, so war und blieb Justus, er hatte immer einen Schalk im Nacken und unbändigen Spaß am Veräppeln seiner Mitschüler und uns Eltern. Aber wehe seinem kleinen Bruder drohte Gefahr auf dem Schulhof oder Spielplatz, dann war Justus sein starker Beschützer. Die beiden hielten zusammen wie Pech und Schwefel, auch wenn es darum ging, ihre Untaten in der Schule vor mir und Eulalia geheim zu halten."

Jetzt unterbrach Josef seinen Opa mit der Frage: „Warum hat sich Justus auf Nimmerwiedersehen von der Familie entfernt?

Von meinen Eltern habe ich nie eine klare Antwort bekommen, die reden nur immer um den heißen Brei herum."

„Ihr könnt euch bestimmt vorstellen, wie sehr Eulalia, euer Vater und ich seit seinem Verschwinden vor über dreißig Jahren darunter leiden."

Plötzlich klopfte jemand an der Haustür, erschrocken unterbrach Erasmus seine Ausführungen und rief: „Herein, wenn´s kein Schneider ist!"

„Keine Sorge, mein Name ist Pappritz, wohne in Hembach und befinde mich mit meinem Hund auf einem Spaziergang", sagte ein im Hauseingang stehender stattlicher Herr mittleren Alters. „Was führt Sie zu mir"? , fragte Erasmus, der sich als Eisenblätter vorstellte und dabei langsam aus dem Schaukelstuhl aufstand. „Mein Hund hat ungefähr fünfzig Meter von ihrem Grundstück entfernt im Wald eine Frauenleiche aufgespürt", antwortete der Mann mit zittriger Stimme. „Das ist ja ungeheuerlich und kann es mir überhaupt nicht vorstellen", war die Reaktion von Erasmus und bat ihn, sichtlich erregt, ihm die Stelle zu zeigen. „Dürfen wir mitgehen"? , fragte Friedrich. „Ja, natürlich", sagte Erasmus während er schon in seine Holzschuhe schlüpfte. Schweigend folgten die drei Herrn Pappritz, der einen nervösen Eindruck machte. Keine zehn Meter neben dem Waldweg und etwa fünfzig Schritte vom Haus entfernt kamen sie zur bewussten Stelle, und Erasmus war vom Anblick der Leiche geschockt, die mit weit geöffneten Augen in dunkelrotem Pulli und schwarzer Hose vom Regen völlig durchnässt vor ihnen lag und beim ersten Hinsehen keine Verletzungsspuren aufwies. Ein mit Pilzen halbgefüllter Korb lag zwei Meter von ihr entfernt.

„Das ist die Tochter der Besitzerin des Dorfladens in Böllstein, wir müssen sofort die Polizei verständigen", sagte Erasmus sichtlich ergriffen. „Das hätte ich bereits getan, wenn ich mein Handy dabei gehabt hätte, deswegen bin ich bei Ihnen vorstellig geworden", erwähnte Herr Pappritz in unruhigem Tonfall. Der Mann hatte das Wort Handy noch nicht ganz ausgesprochen, da war Josef schon unterwegs, um es zu holen. Stolz übergab er es seinem Opa, der die schreckliche Meldung an die Polizei in Erbach weitergab. „Was haben sie gesagt"? , fragte Friedrich. „Wir sollen nichts anrühren, sie seien in fünfzehn Minuten hier, und der Finder der Leiche müsse ebenfalls dableiben."

Die beiden eingetroffenen Polizeibeamten hörten sich Herrn Pappritz Schilderung vom Leichenfund und seinem Besuch bei Erasmus an und nahmen die Personalien der vier auf. Auf ihre Frage, ob ihnen die Frau bekannt sei, antwortete Erasmus spontan, dass es unverkennbar Rosi, die Tochter von Frau Schulze-Steinen sei. Herr Pappritz bestätigte die Aussage von Erasmus und erwähnte, dass er sie ebenfalls kenne. Inzwischen waren auch zwei Kripobeamte zur Spurensicherung erschienen, die zunächst die vier baten, sich für weitere Fragen im Haus von Erasmus bereit zu halten. Friedrich und Josef waren offensichtlich weniger von der Tragik des Gesehenen als vielmehr von der Tatsache, diese Sensation miterlebt zu haben, angetan.

Nach kurzer Zeit erschienen die Kriminalbeamten und fragten Erasmus und die Boys, ob ihnen in den letzten zehn Stunden, denn ungefähr solange müsse die Frau tot sein, etwas in der Nähe des Hauses aufgefallen sei.

Herrn Pappritz verabschiedeten sie mit der Bitte, sich für eventuelle weitere Fragen zur Verfügung zu halten, boten ihm aber auch an, ihn nach Hause zu fahren. Das lehnte er jedoch dankend mit dem Hinweis ab, dass er zu Fuß mit seinem Hund den Heimweg antreten werde.

Erasmus erzählte den Beamten genau den Verlauf des Tages und vergaß auch nicht das Gewitter am Morgen und den Aufenthalt im Garten zu erwähnen, mit dem Fazit, nichts Besonderes gesehen oder gehört zu haben. Auch Friedrich und Josef gaben gleichlautend zu Protokoll, dass ihnen am Vormittag auf dem Weg zu Opa nichts Außergewöhnliches aufgefallen sei. Daraufhin verabschiedeten sich die Beamten und erwähnten noch, dass die Leiche zur Obduktion bereits abgeholt worden sei.

Als die drei es sich in der Kuschelecke bei Brunnenwasser und Kerzenschein wieder gemütlich gemacht hatten, dominierte der Leichenfund das Gesprächsthema. Erasmus fand keine Erklärung für den Tod der etwa fünfzigjährigen Tochter der Dorfladenbesitzerin. Er wusste nur, dass sie seit etwa zwei Jahren geschieden war. Josef und Friedrich ließen in Gedanken noch einmal ihren Weg am Vormittag, der ganz nahe an der Leiche vorbei geführt hatte, Revue passieren. Aber übereinstimmend meinten sie, dass der niederprasselnde Regen und das Gewitter etwaige sonstige Geräusche übertönt haben könnten. Dem konnte Erasmus nur zustimmen. Der Gedanke, dass in ihrer unmittelbaren Nachbarschaft eine Dorfbewohnerin auf unerklärliche Weise ums Leben gekommen war, sollte alle drei an diesem Abend noch länger beschäftigten. Bis Josef mit schelmischem Lächeln nebenbei erwähnte: „Opa, ich bin stolz auf dich, dass du mit deinem Handy Hilfe leisten konntest!" Ja, Boys, das ist euer Verdienst, danke!"

„Bei welchem Thema hatten wir vorhin euer interessantes Frage- und Antwortspiel unterbrochen? Übrigens, ihr habt euch bisher wirklich recht gescheite Fragen ausgedacht und meine Gehirnzellen angenehm beansprucht, hoffentlich geht das so weiter", war Erasmus gespannt. „Danke fürs Kompliment, Opa, und aufs Thema zurückzukommen, wir sprachen über das Verschwinden von Justus", half Josef seinem Großvater weiter.

„Ach, ja, bei dem Thema habe ich emotionale Schwierigkeiten, aber ich versuche, es euch in ein paar Sätzen zu erklären.

Justus begann unmittelbar nach dem Schulabschluss mit dem Studium zum Landschaftsarchitekten an der TU Berlin, lernte dort einen Kommilitonen aus San Franzisco kennen und verliebte sich in ihn. Für ihn war das eine Selbstverständlichkeit, aber für unsere christlich geprägte Familie unvorstellbar. Das wusste Justus. Um sein Elternhaus nicht mit seiner homosexuellen Neigung zu konfrontieren und mit dem Bewusstsein sich BRD-Gesetzen zuwiderhandelnd zog er es vor, das Studium nach zwei Semestern abzubrechen und mit seinem Freund Deutschland zu verlassen. Seitdem haben wir kein Lebenszeichen mehr von ihm bekommen. Was mich daran traurig stimmt ist die Tatsache, dass ich damals zwar eine Ahnung von dem hatte, was in sexueller Hinsicht in ihm vorging, aber nicht den Mut besaß, mit ihm darüber zu reden. Das hätte sein Vertrauen zu Eulalia und mir garantiert gestärkt. Justus ist jedenfalls bei Eulalia und mir stets gegenwärtig, er ist Inhalt unserer täglichen Gebete, wir feiern jeden seiner Geburtstage am ersten März in aller Stille, es vergeht kein Tag, kein Fest, an dem wir nicht sein fröhliches, freches Lachen hören, und sind fest davon überzeugt, dass es ihm gut geht. Auch sein Bruder Karl, euer Vater, hat in den ersten Jahren seines Verschwindens Justus sehr vermisst. Eines muss ich dazu noch bemerken, es soll aber keine Entschuldigung für mein Fehlverhalten sein, der Paragraph 175 des deutschen Strafgesetzbuches existierte noch bis 1994, stellte sexuelle Handlungen zwischen Personen männlichen Geschlechts unter Strafe. Was übrigens auch heute noch in einigen Ländern der Fall ist."

„Danke, Opa, dass du unsere Frage so ehrlich beantwortet hast, nur schade, dass wir unsere Neugier nicht schon eher bei dir gestillt haben", war Friedrich begeistert und traurig zugleich. „Wie kommst du denn darauf?", fragte Erasmus erstaunt. „Das will ich dir gerne erklären, meine Eltern scheinen heute noch so verklemmt in der Homo-Frage zu sein, wie Oma und du es vor dreißig Jahren wart. Denn sie haben uns nie eine klare Antwort auf das Verschwinden von Justus gegeben", erzürnte sich Friedrich. „So hart dürft ihr mit euren Eltern nicht ins Gericht gehen, euer Vater wollte sich damit nur schützend vor seine Eltern und Justus stellen. Aber einen Rat kann ich euch mitgeben, benutzt bei nächster Gelegenheit das mit mir geführte Gespräch, um einmal in aller Ruhe mit ihnen über Justus zu reden. Euer Vater wird dann bestimmt auch erleichtert sein", war Erasmus sicher.

Am liebsten hätte Josef in diesem Moment bereits seinen Glückspfeil aus dem Köcher gezogen, aber dafür hatten sie noch einige Stunden Zeit und Friedrich hatte schon die nächste Frage auf den Lippen.

„Gab es bei euch Familientreffen, wenn ja, wo und wie fanden sie statt?"

„Ja, daran erinnere ich mich gerne. Anlass für solche Treffen war stets ein Geburtstag, und davon gab es etliche zu meiner Hombrucher Zeit. Es waren keine opulenten Feste, meistens gab es Kaffee und Streuselkuchen am Nachmittag und heiße Würstchen mit Kartoffelsalat am Abend. Ich bekam nachmittags einen Becher Kakao, und abends durfte ich mir Brause aus Wasser, Natron und einem Schuss Essig machen, für die Großen stand eine drei Liter Zapfflasche mit Bier, die man an der nächstgelegen Kneipe bei Bedarf nachfüllen lassen konnte, parat. So trafen wir uns abwechselnd bei den Großeltern, bei Mutters Schwester Gerda und ihrem Mann Hans sowie meiner Cousine Monika, Vaters Bruder Leopold, seiner Frau Marta und meiner älteren Cousine Mareike und Tante Hedwig, die nach der Flucht aus Schlesien einen Ziegeleibesitzer in Dortmund geheiratet hatte. Dieser Onkel Edwin Ilgenfritz sprengte zu meiner Freude das gewohnte heimische Feier-Ritual. Er lud uns zu seinen und Tante Hedwigs Geburtstagen jeweils ins Restaurant „Zur Post" in Dortmunds Innenstadt ein. Ich musste dafür sogar meine schicken Sonntagsausgehklamotten anziehen und vorher nach Mutters Anweisungen feine Tischmanieren üben, weil Vater wohl kein gutes Vorbild für mich war. Onkel Edwin ließ stets das Beste, das zu der Zeit Küche und Keller zu bieten hatten, auffahren, was nicht nur ich aus vollen Zügen genoss. Edwin war außerdem ein humorvoller und trinkfester Unterhalter. Wenn er zu vorgerückter Stunde begann, keine stubenreinen Witze und Zoten zu erzählen, zog meine Mutter es vor, sich mit mir zu verabschieden. Wenn ich ihr dann auf der Heimfahrt in der Straßenbahn etwas vorlaut erklärte, dass die Geburtstagsfeiern bei Tante Hedwig und Onkel Edwin die tollsten seien, konnte sie ihren sichtbaren Ärger darüber nicht verbergen. Ich versuchte sie dann damit zu trösten, dass die zweitschönsten bei uns zu Hause stattfänden, weil es bei uns statt Streuselkuchen stets den leckeren Splitterkuchen gebe.

Gesprächsthemen bei diesen Zusammenkünften waren bei den Männern meistens Kriegserlebnisse, die ich schon gefühlte hundertmal gehört hatte, oder es ging um Politik, und dabei kam es nicht selten vor, dass Vater sich in Rage redete und Mutter ihn zügeln musste, was daran lag, dass fast alle Anwesenden hinter der Politik des ersten Bundeskanzlers Konrad Adenauer von der CDU standen, und nur Vater und sein Bruder Leopold enthusiastische Anhänger des Oppositionsführers Kurt Schumacher von der SPD waren.

Mit der Verabschiedung des Grundgesetzes im Jahre 1949 begann für Westdeutschland, die BRD, eine neue demokratische Geschichte mit freier Marktwirtschaft und der provisorischen Hauptstadt Bonn. Im gleichen Jahr wurde in Ostdeutschland, der sowjetischen Besatzungszone, die DDR gegründet, allerdings als Arbeiter- und Bauernstaat nach dem Vorbild der Sowjetunion mit der Hauptstadt Ost-Berlin. Bis es zur friedlichen Wiedervereinigung beider deutscher Staaten im Jahre 1990 kam, hatte West-Berlin einen Inselstatus inmitten des DDR Staatsgebietes mit allerlei Einschränkungen für Ost-und Westdeutsche Bürger. Berlin ist seit Vollzug der Deutschen Einheit am 3. Oktober 1990 wieder Hauptstadt der BRD. Nach dem schrittweisen Umzug der Ministerien von Bonn nach Berlin versammelte sich der Bundestag im Jahre 1999 erstmals im Reichstagsgebäude. Nicht weit davon entfernt, im Schloss Bellevue, ist seit 1994 der Amtssitz des Bundespräsidenten.

Entschuldigt bitte den Ausflug in unsere Nachkriegsgeschichte, aber sie hat mich als Kriegskind seit 1949 fasziniert."

„Opa, deswegen brauchst du dich doch nicht zu entschuldigen, im Gegenteil, du hast mein Interesse an den verzwickten Ost- Westverhältnissen im geteilten Deutschland geweckt und kannst uns   gewiss aus eigener Erfahrung noch davon berichten", war Friedrich begeistert. „Darauf komme ich gleich gerne zurück, aber zunächst lasst mich das Kapitel Familientreffen abschließen", erwiderte Erasmus.

„Mit unserem Umzug von Dortmund-Hombruch im Jahre 1951 in diese landschaftlich wunderschöne Gegend wurden verwandtschaftliche Begegnungen leider seltener. Heute treffe ich nur noch ab und zu meine Tante Gerda, die Schwester meiner Mutter, die inzwischen vierundneunzig Jahre alt ist und in einem Seniorenheim in Dortmund lebt, und ihre Tochter, meine Cousine Monika, in Unna. Alle übrigen haben das Zeitliche gesegnet."

„Opa, wie war das mit den Grenzschwierigkeiten zwischen der BRD und der DDR?"

„Während meiner Tätigkeit als Assistent des Geschäftsleiters in Frankfurt wurde ich 1958 für eine dreiwöchige Urlaubsvertretung in einer Filiale in Berlin-Spandau eingesetzt. Mit dem Interzonenzug fuhr ich über den Grenzbahnhof Bebra/Wartha, wo intensive Personalausweiskontrollen durch DDR-Grenzpolizisten vorgenommen wurden, nach Westberlin zum Bahnhof Zoologischer Garten. Ich wohnte in einem kleinen Hotel in der Carl-Schurz-Straße in Spandau. Mit dem Abteilungsleiter der Filiale am Markt, Georg, hatte ich mich an einem Sonntag in der City Westberlins zu einer Catcher-Veranstaltung ganz in der Nähe der Gedächtniskirche verabredet. Das war für mich damals ein unbekanntes, sportliches Spektakel, das mir übrigens viel Spaß bereitete, obwohl ich schnell erkannte, dass die Show und nicht der Sport im Vordergrund stand. Das ganze fand in einem Zirkuszelt auf einem Platz statt, wo heute das Europa-Center steht."

„Das Europa-Center kennen wir, darin haben wir uns im letzten Jahr mit unseren Eltern eine Vorstellung des politischen Kabaretts „Die Stachelschweine" angesehen", unterbrach ihn Friedrich. „Das finde ich lustig, dann habt ihr ungefähr an gleicher Stelle gesessen, wie ich vor achtundfünfzig Jahren mit Georg. Nach der Vorstellung gönnten wir uns in einer Kneipe in der Nürnberger Straße noch einige Bierchen. Dabei erzählte mir Georg unter anderem, dass er seine Freizeit sehr oft dazu nutze, um im Ostsektor, der Hauptstadt der DDR, preiswert essen zu gehen, denn der Umtauschkurs D-Mark zu Ostmark sei 1 : 5. Eine Bockwurst mit Brötchen koste z.B. nur eine Ostmark. Mit dem Bau der Mauer am 13. August 1961 war das leider vorbei. Ost- und Westberliner konnten danach nur noch mit Sondergenehmigungen an bestimmten Grenzübergängen in den jeweils anderen Teil der Stadt kommen. Bis zum Fall der Mauer 1989 starben über einhundert Menschen bei Fluchtversuchen von Ost nach West. Aber was ich euch eigentlich erzählen wollte passierte, als Georg und ich auf der späten Heimfahrt mit der S-Bahn vom Bahnhof Zoo nach Spandau die letzte Station im amerikanischen Sektor, Spandau-West, verpennt hatten. Wir landeten ungewollt in Albrechtshof in der DDR und wurden von zwei Volkspolizisten wegen unerlaubten Grenzübertritts verhaftet. Nach Überprüfung unserer Ausweise und Feststellung unserer Bierfahne nahmen sie uns die Entschuldigung mit dem Verpennen ab und schickten uns mit der Nächsten S-Bahn nach Spandau zurück.

Das zweite für mich markante Ereignis erlebte ich zu meiner Zeit als Einkäufer für Teppiche in einem Kombinat in

Oelsnitz in der DDR. Als der Direktor dieser Teppichfabrik, wie das bei Antrittsbesuchen üblich war, durch die Werkshalle führte und mir stolz die Webstühle präsentierte, passierte etwas, das ich nicht für möglich gehalten hatte. Ich hörte das Wort „Bananen", und wie von einer Tarantel gestochen verließen etwa fünfzig Werktätige ihren Arbeitsplatz und eilten auf den Hof der Fabrik. Verstört fragte ich den Kombinatsleiter, ob „Banane" ein Pseudonym für Kaffeepause sei. Verlegen grinsend erklärte er mir, dass Bananen in ihrem Staat nur sehr selten angeboten würden und als Rarität galten. Er habe es aber durch Beziehungen geschafft, einen kleinen Lieferwagen voll für seine Mitarbeiter zu organisieren. Ich fand die Geste des Direktors dermaßen nobel und ein Auftrag über zehntausend Flokatis war ihm sicher, zumal der Preis stimmte.

Von einem wirtschaftlichen Aufschwung, wie wir ihn in den fünfziger bis siebziger Jahren erlebten, war der Arbeiter- und Bauernstaat, wie sich die DDR bezeichnete, bis zur Wiedervereinigung weit entfernt. Schade, ich hatte den Lehren von Marx und Engels mehr zugetraut, aber vielleicht lag es auch an den Betonköpfen von denen die dortige Bevölkerung regiert wurde."

Friedrich klatschte spontan Beifall und meinte: „Opa, du warst ein guter Mensch als Einkäufer und bist heute der beste Opa der Welt."

„Opa, wie war deine Konfirmationsfeier und wie denkst du über Gott"? , fragte Friedrich neugierig.

„An die Feier erinnere ich mich, als wäre sie gestern gewesen, auf die zweite deiner Fragen muss ich näher eingehen. Ich machte mir damals natürlich überhaupt keine Gedanken darüber, wie und wo meine Eltern meine Konfirmation mit mir und den Verwandten feiern würden. Ich konnte mir jedenfalls nicht vorstellen, dass es in der Zweizimmer-Wohnung mit dem Wasseranschluss auf dem Flur und dem Plumpsklo eine Treppe tiefer stattfinden würde.
Aber lasst mich erst einmal vom Konfirmandenunterricht, der in der Gebrüder Grimm-Schule abgehalten wurde, erzählen. Da war es Pastor Berg, der es verstand mich für Religion zu begeistern. Er konnte das Leben Jesu mit Beispielen aus dem täglichen Leben logisch und bildhaft schildern, und er war es auch, warum ich bis heute zwei Personen authentisch mit Glauben und Kirche verbinden kann. Jesus wegen seiner praktizierten Nächstenliebe und Martin Luther wegen seines Mutes zur Reformierung der katholischen Kirche. Was der Pastor uns von Adam und Eva, dem Paradies und der Wiederauferstehung von Jesus vermittelte, weckte allerdings meine Zweifel. Auf meine diesbezüglichen kritischen Fragen wusste er stets die gleiche kluge Antwort, dass nämlich der Gaube eine Grundhaltung des Vertrauens sei und Hoffnungen und Wünsche beflügelten, was ich zunächst nicht begreifen konnte, aber mir im Laufe der Jahre immer bewusster wurde. Ich bete übrigens bis heute jeden Abend für Frieden und Gerechtigkeit auf der Welt und unser aller Wohlergehen.

Das Kirchenschiff der Evangelischen Kirche am Marktplatz in Hombruch war auch den Bomben zum Opfer gefallen, nur der Turm war stehengeblieben. Also fanden die Konfirmation und die sonntäglichen Gottesdienste im einige Kilometer entfernten Saal eines Seniorenheimes in Dortmund-Spörkel statt.

Nun zur Familienfeier, meine Mutter hatte es tatsächlich fertiggebracht, alle fünfzehn Personen in der kleinen Wohnung mit einem Festmahl, Sauerbraten mit Kartoffelklößen, zu verwöhnen. Die Eltern hatten das Schlafzimmer zum Esszimmer umfunktioniert, indem sie die Betten abgebaut und Tische und Stühle von Nachbarn organisiert hatten. So fand eine gelungene, gesellige Konfirmationsfeier im Nachkriegs-Deutschland bei Familie Eisenblätter statt. Mit den Geldgeschenken habe ich mir mein erstes Sparbuch angelegt.
Lieber Friedrich, lieber Josef, kein Vergleich zu eurer stilvollen Konfirmationsfeier im Forsthaus Gravenbruch in Neu-Isenburg, wo Eulalia und ich uns übrigens sauwohl gefühlt haben."

Opa, damit hast du bestimmt Recht, aber dennoch beneide ich dich nicht nur um dein exzellentes Gedächtnis, sondern auch um deinen Glauben zum Christentum und eure Improvisationsgabe in jener Zeit. Ich hänge mit meinem Glauben quasi immer noch zwischen Baum und Borke, aber deine Ausführungen haben mich nachdenklich gestimmt", war Friedrich sichtlich gerührt.
Josef hatte schon wieder Gelüste und fragte Erasmus, ob er Snacks im Hause habe. „Kinder, entschuldigt bitte, ich vergaß, sie auf den Tisch zu stellen. Im Kühlschrank steht eine

Glasschale mit Snacks aus meinem Garten, die darfst du uns kredenzen", lächelte Erasmus. Josef war bass erstaunt, als er die Schale sah, so etwas kannte er von daheim nicht. Erasmus hatte gesundes Fingerfood zubereitet: Gurken, Möhren und Kohlrabi in grobe Streifen geschnitten und mit Radieschen garniert. Darüber freute sich auch Friedrich und hatte schon die nächste Frage parat.

„Was für eine Bedeutung hat für dich der Gedanke an den Tod?"

„Ich sage euch gewiss nichts Neues, wenn ich feststelle, dass wir geboren werden um zu sterben, also ist der Tod etwas, das zu unserem Leben gehört, wie essen und trinken. Aber während meiner Kindheit, der furchtbaren Erlebnisse bei Bombenangriffen und der Flucht aus Schlesien habe ich wirklich Angst vor dem Tod gehabt, als ich miterlebte, wie einer meiner Spielkameraden tot aus den Trümmern seines Wohnhauses geborgen wurde, oder erfrorene Greise und kleine Kinder auf dem Weg von Stradam nach Breslau am Straßenrand lagen. In der Teenagerzeit war ich nur noch traurig beim Gedanken an den Tod, als ich mit meinen Eltern zu der Beerdigung meines Opas Wilhelm nach Dortmund fuhr. Als Familienvater war meine Prämisse, möglichst alles für die Versorgung meiner Eulalia und den Kindern vorbereitet zu haben, falls es mich erwischt. Und heute kann ich euch versichern, dass ich jeden Tag darauf vorbereitet bin und wünsche mir, dass ich ohne langes Leiden eines Morgens aufwache und gestorben bin", Erasmus lachte schelmisch, und Josef und Friedrich verstanden den versteckten Scherz. „Nicht dass ich mich an den vorhin schon besprochenen Glauben klammere, aber angenehm erfreulich fände ich es trotzdem, unsere Vorfahren im Jenseits noch einmal sehen und erleben zu können", war Erasmus Schlusssatz zu dem Thema.

„Opa, träumst du auch nachts"? , fragte nun Josef.

„Ja, es vergeht kaum eine Nacht, ohne einen oder mehrere Träume. Meistens befinde ich mich dabei in meinem ehemaligen Beruf und werde mit den verrücktesten Dingen konfrontiert, mal ist es der Tag einer Ladenneueröffnung und sämtliche Verkaufsregale sind leer. Dann erkenne ich Mitarbeiter, die ich über zig Jahre nicht gesehen habe und kann sie mit ihren Namen ansprechen. Mal bin ich ein Däumling, mal ein Riese, dann kann ich fliegen und mal komme ich bei einer Flucht nicht von der Stelle, dann wieder klettere ich Wände hoch und springe über die Straßenflucht von einem Hausdach zum anderen.
Am liebsten sind mir allerdings die Tagträume, wenn ich mich nach getaner Gartenarbeit bei einer Tasse Tee und dem Gezwitscher der Vögel mit geschlossenen Augen in meinem rustikalen Gartensessel zurücklehnen kann, um darüber nachzudenken, wie herrlich das Leben auf unserem Globus wäre, wenn:
Wir eine demokratische Weltregierung hätten, die uns immerwährenden Frieden garantieren könnte, wir uns in der ganzen Welt in einer Sprache verständigen könnten, wir eine gemeinsame Weltreligion hätten, die die christlichen, buddhistischen, hinduistischen und sonstigen Glaubenslehren beinhalten und bestimmt eine Voraussetzung für den Frieden wären, alle Menschen ein selbstbestimmtes,

einfaches Leben in einer Welt frei von Neid und Miss-
gunst, Rassendiskriminierung, mit erarbeitetem, gesicher-
tem Auskommen und menschenwürdigen Unterkünften
führen könnten und umweltbewusstes Leben, Handeln und
Produzieren für Jedermann eine Selbstverständlichkeit
wäre."

Da unterbrach ihn Josef: „Opa, genau dieses Szenario hatte
uns im letzten Schuljahr Geschichtslehrer Messerschmidt,
allerdings in einer anderen Konstellation prognostiziert. Er
meinte, dass er sich vorstellen könne, dass eines Tages die
demokratisch regierten Staaten der stets wachsenden und
geschickt weltweit agierenden chinesischen Wirtschaft mit
ihrem enormen Finanzpotenzial unter der diktatorischen
Führung der kommunistischen Staatspartei unterlegen sein
werden. Und wir uns nicht wundern dürften, irgendwann
von Peking aus regiert und überwacht zu werden."

„Ja, Josef, so ganz abwegig ist diese Theorie leider nicht,
ich werde es wohl hoffentlich nicht mehr erleben, und euch
wünsche ich es auch nicht. Darum stärkt mit eurem Denken
und Handeln die Grundsätze der Demokratie und wehret
allen Anfängen einer Diktatur in eurem sozialen Umfeld
und in unserem Staat."

**„Opa, hattest du eine Vorstellung davon, was du beruf-
lich machen wolltest?"**

„Das kann ich mit einem klaren „Nein" beantworten. In
früher Kindheit war es der Lokomotivführer, weil mir die
dampfenden Zugmaschinen imponierten. Später fand ich
den Beruf des Landwirts interessant, nachdem ich bei meinen Ferienaufenthalten in Moyland beim Bauern Eberhard
die Arbeit in und mit der Natur bewundert habe. Und ihr

werdet es nicht glauben, sogar Pastor wollte ich werden, weil mir Pastor Bergs offene Art mit seinen Gemeindemitgliedern umzugehen gefiel. Aber es kam natürlich ganz anders. Im letzten Schuljahr besuchte uns ein Berufsberater vom Arbeitsamt im Klassenzimmer. Er erkundigte sich nach unseren spielerischen, technischen und schulfachspezifischen Neigungen. Nachdem ich ihm geantwortet hatte, dass ich gerne rechne und Aufsätze schreibe, was auch von Lehrer Saaman bestätigt wurde, war seine Ansage kurz und knapp: Großhandelskaufmann. Meine Eltern und auch ich waren froh, dass uns diese Entscheidung abgenommen worden war. Folglich schickte ich direkt nach unserem Umzug in den Odenwald einige Bewerbungen an diverse Firmen und wurde auch von allen zu persönlichen Gesprächen eingeladen. Ich entschied mich für eine Mineralölgroßhandlung in Frankfurt und schloss einen Lehrvertrag für drei Jahre ab. Schon nach zwei Jahren wurde mir klar, dass permanente Büroarbeit nicht mein Ding war. Nach erfolgreich abgelegter Prüfung zum Großhandelskaufmann war es eine Zeitungsannonce, die mich auf ein Warenhausunternehmen in Frankfurt aufmerksam machte. Man konnte dort von der Pike bis zum Direktor Karriere machen stand da. Das reizte mich, weil mir die Arbeit im Einzelhandel mit Kunden und direktem Kontakt mit der Ware mehr Abwechslung versprachen. So begann und endete nach über zweiundvierzig Jahren im selben Unternehmen mein interessanter Job."

„Schon bewundernswert, wie du das geschafft hast", war Josefs Reaktion und bediente sich mit einem Radieschen aus Erasmus Snackschale.

„Jungen, ihr müsst an euch glauben, geduldig und strebsam sein und stets ein Ziel vor Augen haben, dann könnt ihr heutzutage noch viel mehr erreichen. Bei mir ging es auch nur Step by Step. Als ich im Lager arbeitete, war mein relativ schnell erreichtes Ziel, Assistent des Geschäftsleiters im Laden zu werden. Es dauerte acht Jahre, bis ich den Sprung zum Geschäftsleiter schaffte, weitere zwanzig Jahre bis ich Einkäufer in der Zentrale wurde", waren Opas aufmunternde Worte an seine Enkel.

Opa, wie und wann hat es bei dir Klick gemacht, als du Oma als deine Auserwählte fürs Leben erkanntest"? , war Friedrichs nächste spannende Frage.

„Ja, Boys, das ist gar nicht so einfach zu erklären. Bevor ich Eulalia kennenlernte gab es zwei Beziehungen, die nicht länger als jeweils sechs Monate dauerten. Ich gebe zu, dass meine Vorstellungen für die Frau fürs Leben ziemlich eng mit Tugenden meiner Mutter verbunden waren, nämlich Sparsamkeit, Sauberkeit, Ehrlichkeit und Gerechtigkeit.
Eulalia war ebenfalls in dem Warenhausunternehmen beschäftigt, hatte eine Ausbildung zur Bürokauffrau abgeschlossen und war als Chefsekretärin tätig. Sie imponierte mir mit ihrer netten, fröhlichen Erscheinung und ihrem selbstbewussten Auftreten. Als ich bereits zwei Jahre im Betrieb war, saßen wir bei der alljährlich stattfindenden Weihnachtsfeier 1957 eher zufällig nebeneinander, und es ergab sich endlich die Gelegenheit für einen privaten Plausch. Dabei erfuhr ich von ihren Hobbys, und dass sie seit dem vierten Lebensjahr Vollwaise war und zu der

Schwester, die sie jahrelang betreut hatte immer noch engen Kontakt hielt. Diese Schwester Therese muss für sie mehr als ein Mutterersatz gewesen sein, sie hatte Eulalia gefordert und gefördert und auf ein selbstbestimmtes Leben vorbereitet, bis sie aus dem Waisenhaus entlassen wurde und sich eine kleine Wohnung in Niederrad mietete. Während unseres Gesprächs erkannte ich einige Vorzüge meiner Mutter bei ihr und in mir reifte der Gedanke, das sei die Frau, die mich und eine ganze Familie glücklich machen könne. Mein Werben um sie begann mit diesem Tag und hatte nach zögerlichen Abwehrmaßnahmen ihrerseits mit unserer Hochzeit im Jahre 1959 einen ersten Höhepunkt. Meine Eltern fanden Eulalia ebenfalls sehr sympathisch, aber sehr zu Mutters Leidwesen sahen sie ihren einzigen Zögling immer seltener bei sich zu Hause und noch seltener, nachdem ich unsere Eigentumswohnung in Frankfurt-Niederrad am Tag nach der Hochzeit mit Eulalia eingeweiht hatte. Aber Eulalia unsere Kindern und ich waren später stets gern gesehene Gäste im Elternhaus."

„Wo habt ihr geheiratet, Opa"? , fiel Friedrich, abweichend von dem Fragenkatalog, spontan ein.

„Die Hochzeit haben dankenswerterweise meine Eltern in der Gaststätte „Zur Post" in Böllstein ausgerichtet, nachdem Eulalia mir ihr kirchliches Ja-Wort in der Evangelischen Kirche in Brombachtal gegeben hatte. Zu der schlichten Feier war der größte Teil meiner Verwandtschaft aus Dortmund angereist. Da waren Hans und seine Frau Gerda mit Cousine Monika, Vaters Bruder Leopold mit seiner Frau Marta, Tante Hedwig mit ihrem Edwin Ilgenfritz und meine beiden Omas, dann noch Schwester

Therese, Eulalias Freundin Christina mit ihrem Freund Egon und mein Kumpel Ludwig mit seinen Eltern. Am Tag zuvor, dem Polterabend, hatte Ludwig mit der Dorfjugend und den angereisten Verwandten für Rabatz und jede Menge Porzellanscherben vor dem Elternhaus gesorgt, was uns Glück bescheren sollte und auch tat, wie ich heute mit Dankbarkeit feststellen kann, wenn da nicht der Seelenschmerz wegen Justus wäre."

Während Erasmus seinen Enkelkindern die letzte Frage beantwortete fiel ihm auf, dass Josefs Gedanken offensichtlich woanders waren, so teilnahmslos hatte er ihn bisher bei keiner seiner Ausführungen erlebt. „Josef, was hat dich an meiner Hochzeit so nachdenklich gemacht"? , fragte Erasmus. „Entschuldige Opa, mir kam die Leiche im Wald wieder in den Sinn, und ich möchte bevor es dunkel wird noch mal dort nachschauen, ob es etwas Verdächtiges zu entdecken gibt." „Das kann ich verstehen, Friedrich wird dich bestimmt begleiten." „Ist doch selbstverständlich", antwortete Friedrich begeistert. „Ich bleibe hier und sorge für Nachschub der leckeren, gesunden Snacks, die bei euch, wie die leere Schale beweist, gut angekommen sind", stellte Erasmus fest und begab sich in die Küche, während die Nachwuchs-Detektive das Haus verließen.
„Hast du denn einen besonderen Plan"? , fragte Friedrich seinen Bruder mit skeptischem Unterton. „Nein, den habe ich nicht, aber ich kann mir vorstellen, dass die Polizisten und Kripo-Beamten nur den engsten Umkreis des Leichenfundortes unter die Lupe genommen haben." „Damit könntest du Recht haben, und außerdem haben die Beamten in unserem Beisein nicht erwähnt, wie die Frau ums Leben gekommen ist", stellte Friedrich fest. Schnell waren sie

wieder am Ort des grausigen Geschehens. Sie nahmen sich vor, vom Fundort jeweils dreißig Schritte gemeinsam im seitlichen Abstand von fünf Metern in alle Himmelrichtungen zu gehen und den Boden mit Argusaugen abzusuchen. Gen Osten Fehlanzeige, gen Westen dasselbe. Es war für sie nicht leicht das stachelige Gestrüpp zu durchforsten. Dann ein Aufschrei, als sie in Richtung Süden unterwegs waren, Josef war über eine Baumwurzel gestolpert und der Länge nach auf dem Bauch und mit dem Gesicht in einem Gebüsch gelandet. Beim mühsamen Aufstehen entdeckte er im Laub etwas Metallenes blinken, ein Handy, wie sich schnell herausstellte. „Das kann doch nur der toten Frau gehört haben", war Josef überzeugt, nachdem er es von dem nassen Laub befreit und seinen Bruder hinzu gerufen hatte. „Dürfen wir das einfach mitnehmen?", war sich Friedrich nicht sicher. „Ich denke schon, denn Opa kennt doch die Mutter der Toten." „Aber woher willst du wissen, dass es der Toten gehörte", war Friedrichs berechtigte Frage. „Moment mal, das werden wir gleich geschnallt haben, denn es ist noch in Betrieb", strahlte Josef. Im Nu war er im „Bilder-Programm" und scrollte durch die Fotos. „Es gibt kein Vertun, schau her, hier ein Bild der Toten, hier eins ihrer Mutter, und jetzt falle ich gleich in Ohnmacht, Friedrich. Nicht zu fassen!" Josef reichte seinem Bruder fassungslos das Handy. „Das darf nicht wahr sein, das ist doch der Pappritz auf dem Foto", war auch Friedrich von den Socken. „Das wird die Überraschung für Opa, aber jetzt liegt noch die Strecke nach Norden vor uns", drängte Josef zum Weitermachen. Fast am Ende ihrer abgemachten dreißig Schritte Entfernung, war es Friedrich, der mit wedelnden Armen und dem Ruf, „das musst du dir anschauen", auf sich aufmerksam machte. Bedächtig marschierte Josef seinem Bruder entgegen, insgeheim dachte er sich, was kann es nach dem Handy-Fund noch Interessantes zu sehen geben. Aber dann lag vor ihnen ein totes Reh. „Jetzt nichts wie weg von hier, sonst erwischt es uns auch noch", war Friedrich sichtlich geängstigt.

Noch völlig außer Atem berichteten sie Erasmus von ihren Erlebnissen. Er bat Josef, ihn mit Förster Willman aus Erbach zu verbinden. Der Förster bedankte sich für die Meldung und wollte umgehend vorbeikommen. Danach bat Erasmus Josef, ihm auch eine Verbindung mit der Dorfladenbesitzerin Schulze-Steinen herzustellen. Hier wollte Erasmus behutsam vorgehen, da er sich nicht im Klaren war, ob Brunhilde bereits von der Polizei benachrichtigt worden war. Von der sonst fröhlichen Stimme vernahm er am Telefon ein wehleidiges „ja, bitte" und sprach ihr daraufhin sein herzliches Beileid aus. Dann schilderte er ihr den Auftritt der Polizei und eines Herrn Pappritz, der Rosi gefunden habe. So, der Herr Pappritz hat meine Tochter gefunden, vernahm Erasmus. Noch bevor er ihr die Sache mit dem Handy schildern konnte, antwortete sie, dass ihre Tochter am Morgen das Haus verlassen habe, um Pilze zu suchen. Ehe Erasmus ihr mitteilen konnte, dass er das gefundene Handy ihrer Tochter anderntags vorbeibringen würde, ging ihre Stimme in einen Weinkrampf über, und er beendete das Gespräch.

Mittlerweile stand Förster Willmann im Türrahmen, grüßte freundlich, und Erasmus stellte seine Enkelkinder vor, die den Förster zur Fundstelle des Rehs begleiteten. Auf dem Weg dorthin erzählte er den beiden, dass es zu der Zeit häufiger passiert sei, dass Wilderer ihr Unwesen getrieben hätten. Der Förster bedankte sich bei Friedrich und Josef und fragte noch, wo man die Frauenleiche gefunden, und wer sie entdeckt habe. Josef zeigte in südliche Richtung und sagte: „Etwa dreißig Meter von hier entfernt, und es war ein Herr Pappritz." „Hast du Pappritz gesagt, und wie alt schätzt du den Mann?" „Ja, ich denke zwischen fünfzig und sechzig", antwortete Josef. „Danke, ihr habt mir und der Polizei, die ich sofort benachrichtigen werde, einen wertvollen Dienst erwiesen. Das Reh werde ich sofort entsorgen, denn zum Verzehr ist das Fleisch nicht mehr verwertbar, dafür hätte es spätestens zwei Stunden nach dem Abschuss aufgebrochen werden müssen."

Wieder zurück bei Erasmus besprachen sie die Lage und spekulierten, was geschehen sein könne.

„Warum waren Frau Schulze-Steinen und der Förster verwundert, als sie den Namen Pappritz hörten, und welche bildbelegte Verbindung mag ihre Tochter mit ihm gehabt haben"?, murmelte Erasmus vor sich hin. „Könnte es sein, dass die Tochter von der Kugel eines Wilddiebes gezielt getroffen wurde"?, fragte Josef. „Oder war es ein Querschläger aus seinem Gewehr, oder wurde sie vielleicht von einem Blitz getroffen"?, orakelte Friedrich. „Aber warum haben eventuelle Wilddiebe das Reh liegen lassen"?, fragte Josef, und keiner fand eine plausible Antwort.

Kapitel 6

Ein unerwarteter Telefonanruf

Zwei Wochen vor Opas Geburtstag klingelte gegen 17:00 Uhr das Telefon im Elternhaus von Josef und Friedrich. Karl und Herta waren wie immer um diese Zeit an Werktagen noch im Geschäft. Darum nahm Friedrich, der allein zuhause war, das Gespräch entgegen. Eine jugendliche Stimme meldete sich und behauptete sie sei Jane, die Tochter von Justus und Errol. Dann fragte sie zögerlich, ob sie richtig verbunden sei mit Karl Eisenblätter, dem Vater von Justus. Friedrich antwortete kess, dass sie richtig verbunden sei, allerdings mit einem Sohn von Karl. Dann begann Jane zu erzählen, dass sie aus Santa Monica in Kalifornien anrufe und ihre Eltern Justus und Errol nichts von diesem Anruf wüssten, Justus aber schon oft von seinem jüngeren Bruder Karl liebevoll gesprochen habe, sie aber nicht begreifen könne, warum die beiden keinen Kontakt miteinander hätten. Friedrich hörte aufmerksam zu und dachte sich, als das Mädchen von Justus und Errol sprach, dass sie ein Adoptivkind sein müsse. Er sprach sie in seiner direkten Art auch gleich darauf an. Jane erklärte Friedrich, dass er das absolut richtig erkannt habe und fragte neugierig nach Friedrichs Alter. Sie erwähnte, dass sie sechzehn Jahre alt und als Waisenkind von ihren schwulen Eltern adoptiert worden sei, beide liebe und ihnen viel zu verdanken habe. Das Mädchen wurde Friedrich immer sympathischer, er gab dann auch über sein Alter Auskunft und fragte, wie sie an die Telefonnummer seiner Eltern gekommen sei. Ich habe unerlaubt in Justus Dokumenten geschnüffelt und dabei entdeckt, dass er in Frankfurt-Niederrad wohnte. Dann war es nicht mehr schwer an die Nummer zu kommen. Friedrich gab ihr zu verstehen, dass er sie um ihr Engagement in dieser Hinsicht beneide, denn sein Zwillingsbruder Josef und er hätten schon seit geraumer Zeit gleiches geplant, aber immer wieder auf ihre Eltern Rücksicht genommen, die aus für sie unverständlichen Gründen Hemmschwellen beim Thema Homosexualität hätten. Und genau das stärkt meine Vermutung, entgegnete Jane, dass es Justus Angst vor Diskriminierung seitens seiner Eltern und Großeltern war, die ihn mit seinem Studienfreund Errol Hals über Kopf nach Amerika getrieben hatte und den Kontakt abbrechen ließ.

Nachdem sich beide über ihre Hobbys, Lebensgewohnheiten und das Wetter unterhalten hatten, kam Jane auf den Grund ihres Anrufes zurück und fragte Friedrich, wie sie die Brüder wieder friedlich miteinander in Kontakt bringen könnten. Das müsse wohl am sinnvollsten über meinen Vater zustande kommen, denn er ist es, der endlich seine Vorurteile gegenüber Schwule und Lesben über Bord werfen müsse. Und ich werde mit meinem Bruder dafür sorgen, dass es klappt, wenn du mir noch eure Telefonnummer nennst. Jane nannte ihm Festnetz- und Mobilfunknummer mit der Bemerkung, dass Justus in dem gemeinsam mit Errol geführten Landschaftsbaubetrieb oft unterwegs und schwer zu erreichen sei. Friedrich bedankte sich für Janes Initiative, und Jane wünschte Friedrich viel Erfolg für den Versöhnungsversuch. Sie versprach, den Kontakt zu Friedrich nicht abbrechen zu lassen, egal was passiere.

Nun überschlugen sich die Ereignisse. Josef kam gut gelaunt und abgekämpft vom Fußballtraining zurück, Friedrich überfiel ihn sofort mit den Neuigkeiten. Nach kurzer

Beratung waren sie sich einig, ihre Eltern nach dem Abendessen schonend aber zielsicher zu informieren. Sie waren überrascht und überglücklich, als ihre Mutter dem Vater riet, sofort zum Telefon zu greifen und endlich diese Chance zur möglichen Versöhnung zu nutzen. Ja, er tat es nach kurzem Zögern und war erstaunt, dass Justus ihn sofort an der Stimme erkannte. Nach einem Moment des Schweigens brach auf beiden Seiten überschwängliche Freude aus. Josef lief inzwischen zur Oma in der oberen Etage, um auch sie von der Sensation zu informieren. Das Telefonat dauerte über eine Stunde mit dem gegenseitigen Versprechen, sich so bald als möglich zu besuchen, doch bevor Justus das Gespräch beendete, fragte er noch nach dem Befinden seiner Eltern. Karl sagte ihm, dass die Mutter bei ihm im Haus wohne und soeben erschienen sei, nachdem sein Sohn Josef sie von seinem Anruf benachrichtigt hatte. Eulalia übernahm das Telefon mit zittriger Hand, und als sie Justus Stimme hörte begann sie zu weinen. Das Schluchzen hatte Justus wohl vernommen und munterte seine Mutter mit seinem unverkennbaren Lachen und freundlichen Worten auf. Sie erzählte ihm, wie sehr sie ihn vermisse und auch von dem für sie traurigen Auszug des Vaters in das Haus im Odenwald. Auch Justus konnte dies nicht nachvollziehen und tröstete seine Mutter, die immer noch mit den Tränen kämpfte. Eulalia betonte am Ende des Gesprächs, wie glücklich sie sei seine Stimme gehört zu haben.

Es wurde ein fröhlicher Abend mit Erzählungen aus der Kindheit von Karl und Justus. Mit so viel Enthusiasmus hatten Friedrich und Josef ihren Vater und auch Oma noch nie über Justus reden hören.

Danach entwickelten die Zwillinge den Glückspfeil-Plan für ihren Opa Erasmus. Jane sollte ihnen dabei behilflich sein. Dafür kauften sie, mit finanzieller Unterstützung ihrer Eltern, ein Handy als Geburtstagsgeschenk für ihren Opa und übermittelten Jane die Handynummer mit der Bitte, dass sich Justus am 9. September um 22:00 Uhr an seines Vaters achtzigstem Geburtstag melden möge.

Kapitel 7

Retten die Enkelkinder das Familienglück?

Nach den aufregenden Momenten um den mysteriösen Leichenfund, das gefundene Handy und das tote Reh hatte Erasmus die Bio-Snacks und frisches Brunnenwasser auf den kleinen Tisch in der Kuschelecke gestellt. Er munterte seine Enkelkinder zum weiteren Abarbeiten ihres Fragenkatalogs auf. „Opa, dürfen wir noch den antiken Kerzenhalter mit der Kerze dazu stellen"? , fragte Josef, der den Glückspfeil-Moment um 22:00 Uhr in einer heimeligen Atmosphäre erleben wollte. Danach ging auch bei Friedrich ein Licht auf, und er fragte Erasmus, ob er den Kamin anzünden dürfe. „Selbstverständlich könnt ihr das machen, aber was zum Teufel bringt euch auf so sentimentale Einfälle, so kenne ich euch gar nicht", war der Umwelt-Opa erstaunt. „Schließlich feiern wir deinen achtzigsten Geburtstag, lieber Opa", schmunzelte Josef.
Nachdem die Boys davon überzeugt waren, ein perfektes Ambiente für den Rest des Abends geschaffen zu haben, war es Friedrich, der die nächste Frage stellte.

„Opa, betrachtet man deinen erfolgreichen Lebenslauf, stellt sich die Frage, ob du in deinem Leben auch Fehler gemacht hast?"

„Die alle aufzuzählen, würde die Zeit bis zu eurer Abreise sprengen. Schon der griechische Philosoph Platon behauptete, dass der Fehler den Menschen begleitet, also werde ich mich auf meine elementarsten beschränken. Für mich war es immer wichtig, aus gemachten Fehlern zu lernen und keinesfalls Wiederholungsfehler zu machen, was mir aber auch nicht immer gelungen ist, aber empfehlen kann ich euch diesen Leitspruch für euren Lebensweg auf jeden Fall.

So bereue ich bis heute meinen ersten prägnanten Fehler. Es war während meiner Ausbildung als Großhandelskaufmann, als der Berufschullehrer mir und zwei älteren Klassenkameraden empfahl, das Fachabitur in Abendkursen nachzuholen. Daraufhin hatten wir uns angemeldet, aber nach einem Jahr die Flinte ins Korn geschmissen. Grund dafür war, dass ich mich von den drei Jahre älteren Kameraden zu oft zu Kneipenbesuchen nach Kursende verführen ließ und schließlich daran mehr Gefallen fand als am Lernen. Die Strafe folgte etwa dreißig Jahre später, als ich für meinen Job als Einkäufer mir eine Privatlehrerin engagieren musste, um mein Englisch aufzubessern.

Von meinem größten Fehler möchte ich eigentlich gar nicht reden. Ich habe versagt, als ich kein klärendes Gespräch mit Justus gesucht habe. Er muss psychisch enorm gelitten haben.

Dann sind es die unsagbar vielen Momente in denen ich meinen heranwachsenden Kindern wichtige, aktuelle situationsbedingte Fragen nicht beantworten konnte, denn bis ich dafür Zeit fand, hatte Eulalia sie bereits aus ihrer Sicht gegeben."

„Opa, wir sind immer wieder überrascht, was wir alles von dir lernen können. Auf welche Art und Weise hast du dir dein Allgemeinwissen angeeignet"?, wollte Josef erfahren.

„Dazu traue ich euch beiden in Zukunft wesentlich mehr zu. Denn genau wie ich es tat, werdet auch ihr mit offenen Augen durch diese wunderbare Welt ziehen, werdet lernen, das Wesentliche vom Unwesentlichen, Gutes vom Schlechten und Bösen sowie Wahres von Lügen zu unterscheiden, werdet Vorbilder erkennen, denen es sich lohnt nachzueifern, werdet Menschen begegnen, die euch durch Taten und Worte ungewollt beweisen, was ihr tunlichst unterlassen solltet, werdet Muße finden, um gute Bücher zu lesen und Lust und Gelegenheit haben andere Länder, Sitten und Gebräuche kennenzulernen. Und werdet nicht wie ich Diskussionen mit Andersdenkenden aus dem Wege gehen."

„Danke, Opa, aber gib uns doch bitte einmal Beispiele für deine positiven Vorbilder", unterbrach ihn Friedrich.

„Das fing mit meiner Mutter, eurer Uroma Maria, an, die mir im Kindesalter Herzlichkeit, Zuneigung, Ehrlichkeit und Sparsamkeit vorlebte. Dann waren es die Lehrer in der damaligen Volks- und Berufsschule, die mir Lesen, Rechnen, Schreiben beigebracht und mir Ansätze für das „Denken über den Tellerrand hinaus" vermittelten. Als ich mich nach 1949 für Politik zu interessieren begann, war es Konrad Adenauer, der erste Bundeskanzler, dessen erfolgreiche Bestrebungen für ein vereinigtes Europa und seine Schlagfertigkeit bei Bundestagsdebatten mir imponierten. Jahre später war es Bundeskanzler Willi Brandt, der erfolgreich den Dialog mit osteuropäischen Staaten in Gang brachte und dann Helmut Kohl, der als Kanzler an der Wiedervereinigung Deutschlands wesentlich beteiligt war. Ich könnte den Reigen noch mit Dichtern, Wissenschaftlern, Entdeckern oder Wohltätern der Menschheit fortsetzen, die mir aufgrund ihres fachspezifischen Wissens oder ihrer Geisteshaltung als Vorbilder galten, jedoch werden wir bei allen Vorbildern auch menschliche Schwachstellen entdecken, darum solltet ihr euch immer nur an ihren positiven Taten orientieren."

Friedrich und Josef wurden von Minute zu Minute nervöser, als sich der Zeiger der alten Wanduhr im Wohnzimmer gegen 22:00 Uhr bewegte.
„Opa, das war unsere vorletzte Frage, bist du nicht auch der Meinung, dass wir uns die letzte Frage für morgen früh aufheben"? , versuchte Josef Müdigkeit vorzuschützen.
„Aber natürlich, ihr habt mich heute gewaltig herausgefordert, und das hat mich ganz schön geschafft, mir aber auch sehr viel Freude bereitet", gab sich Erasmus zufrieden.
Es war dunkel geworden, das flackernde Licht von Kerze und Kaminfeuer hatte in Umwelt-Opa ein Wohlgefühl keimen lassen und ihn zu der Frage inspiriert: „Möchtet ihr zum krönenden Abschluss noch ein Gläschen Sekt mit mir trinken?" Als die Kinder antworten wollten, klingelte Opas Handy. „Das wird bestimmt die Polizei sein, die noch Fragen zum Leichenfund hat", war Erasmus sicher, als er das Gespräch entgegennahm. Josef und Friedrich waren dagegen überzeugt, dass es ihr Glückspfeil war, denn es war genau 22:00 Uhr.
Sie verfolgten gespannt Opas Gestik und Reaktionen, nachdem er sich mit seiner sonoren Stimme gemeldet hatte.
Er wirkte irritiert, als er das Lied „Happy Birthday to you",

gesungen von einer männlichen Stimme, hörte. Dann ein Moment des Schweigens, es folgte ein unverkennbar herzhaftes Lachen am anderen Ende der Leitung.

„Justus, du, das kann doch nicht wahr sein", hörten die beiden überglücklichen Glückspfeil-Schützen noch, als sie dabei waren, das Zimmer zu verlassen, um ihren geliebten Opa bei diesem für ihn epochalem Erlebnis allein zu lassen. Erst nach einer guten Stunde rief Erasmus die Zwillinge wieder zu sich, die sich im Obergeschoß beim Schmökern in ihren alten Komikheften erwartungsvoll die Zeit vertrieben. Und sie hatten ihren Opa noch nie so fröhlich und glücklich gesehen. Er hatte bereits die Sektflasche entkorkt und drei gefüllte Gläser auf dem Tischchen parat stehen. Nacheinander nahm er Friedrich und Josef in die Arme und bedankte sich ganz herzlich für diese gelungene Geburtstagsüberraschung.

Justus hatte natürlich seinem Vater das Zustandekommen dieses auch von ihm selbst langersehnten Gesprächs geschildert und dabei die Initiatoren Jane, Friedrich und Josef lobend erwähnt.

Noch bevor die drei sich wieder setzten, tranken sie auf das Wohl der endlich wieder kompletten Familie Eisenblätter, wie Erasmus ausdrücklich betonte.

Geradezu gierig erwarteten nun die Zwillinge Opas Resümee aus dem Telefongespräch. Das ahnte selbstverständlich auch der kluge Umwelt-Opa, der wieder in seinem Schaukelstuhl Platz genommen und seine Freude mit Friedrich und Josef teilen wollte.

„Das Wichtigste zuerst", begann Erasmus in der ihm eigenen sympathischen Erzählart, „wir haben uns gegenseitig verziehen. Wir wollen den Kontakt von nun an pflegen und uns bald treffen. Und Justus hat mich eindringlich gebeten, einen vernünftigen Kompromiss des Zusammenlebens mit Eulalia zu finden. Danach haben wir über sein Wirken als Landschaftsarchitekt, über seinen Ehepartner und ehemaligen Kommilitonen Errol, mit dem er seit zwei Jahren verheiratet ist, und viel über seine Jugendzeit und meinen beruflichen Werdegang gesprochen. Ich kann nur sagen, dass ich dankbar bin, das noch erleben zu dürfen und werde sobald als möglich seine Einladung nach Santa Monica gemeinsam mit Eulalia wahrnehmen." Dann stutzte er und gab zu bedenken, „aber wer füttert dann meinen Hansi und die Hühner?" „Opa, das wird dann wohl das geringste Problem sein, das machen wir, aber erst musst du, wie Justus das richtig erwähnte, eine Lösung mit Oma finden", bemerkte Josef.

Okay, ihr Lieben, es ist schon spät, lasst uns eine Nacht darüber schlafen. Aber vorher muss ich euch und eurer Cousine Jane noch ein dickes Kompliment machen, dass ihr es mit eurer jugendlichen Unbefangenheit geschafft habt, unserem Familienglück ein stückweit näher gekommen zu sein", lachte Erasmus, stand ungewohnt schwungvoll auf und wünschte eine gute Nacht.

Bevor die beiden sich in ihre Kojen begaben, bat Friedrich seinen Bruder, noch einen Augenblick in sein Zimmer zu kommen. „Bruderherz, ich bin hundemüde, was gibt's noch zu besprechen?" „Ich denke mir, dass wir bis zu unserer Abreise morgen Mittag mit Opa gemeinsam überlegen sollten, wie wir Oma davon überzeugen können, hierher nach Böllstein zu ziehen, denn ich glaube nicht, dass wir Opa wieder zurück nach Frankfurt kriegen, meinte Friedrich. „Das sehe ich genauso, nur muss uns klar sein, im Gespräch mit unserem eigensinnigen Opa in dieser Hinsicht diplomatisch vorzugehen", war Josef überzeugt.

Dann wünschten auch sie sich eine angenehme Nachtruhe und Josef zog sich in sein Zimmer zurück.

Kapitel 8

Der Glückspfeil zeigt Wirkung

Die Morgensonne weckte den unternehmungsfreudigen Friedrich schon gegen 7:00 Uhr. Bis zu ihrer Abreise am Mittag gab es noch viel zu tun, also ging Friedrich ins kleine Badezimmer auf ihrer Etage. Als er seinem noch schlummernden Bruder signalisierte, er sei bereits fertig, bekam Josef die erste Botschaft des Tages zu hören. „Ich fahre jetzt mit Opas Fahrrad zum Dorfladen um Brötchen zu holen und das gefundene Handy bei Frau Schulze-Steinen abzugeben, währenddessen darfst du schon mal den Tisch decken." „Okay, Chef", war Josefs knappe, schläfrige Antwort.

Erasmus stand noch unter der Dusche, als ihm Friedrich sein Vorhaben durch die geschlossene Badezimmertür mitteilte und um die Benutzung seines Drahtesels bat. „Fahr vorsichtig und bestell der alten Dame herzliche Grüße von mir, vergiss das Handy nicht", kam es aus der Dusche.

Es war zwar ein holpriger Parcours, der über Wald- und Feldwege bergauf und -ab zum Dorfladen führte, der aber zu dieser frühen Stunde in Gottes freier Natur wohltuend entspannend auf Friedrich wirkte.

Josef hatte den Tisch bereits gedeckt, drei frische Eier aus dem Hühnerstall geholt und gekocht, als Erasmus nach seinem täglichen zwanzigminütigen Gymnastikprogramm im Esszimmer erschien. Bis zu Friedrichs Rückkehr hatten sie Gelegenheit, locker miteinander zu plauschen. Erasmus war immer noch fasziniert vom gestrigen Gespräch mit seinem Sohn Justus und hatte sich offensichtlich auch schon

Gedanken darüber gemacht, wie er mit Eulalia klar kommen könne. So erzählte er Josef, dass er wenigstens einmal in der Woche, und zwar sonntags, Eulalia einladen würde. Das würde er gerade noch ertragen, denn ihren Sauberkeitsfimmel wird sie bestimmt nicht an einem Sonntag ausleben wollen. Jetzt platzte Josef fast der Kragen, blieb aber ruhig und erinnerte sich an das diplomatische Vorgehen in dieser sensiblen Angelegenheit. „Lieber Opa, genau wie du hat auch Oma in den letzten zwei Jahren eurer Trennung ein verändertes Leben geführt, und deswegen glaube ich, dass ihr beide gemeinsam zu Zugeständnissen bereit sein solltet", sagte Josef mit ernster Miene, als Friedrich mit den frischen Brötchen heimkehrte.

Opa hatte Früchtetee gekocht und hoffte, dass seine Eigenproduktion bei seinen Enkelkindern Anklang finden würde. Während des Frühstücks konnte Friedrich seine Neuigkeiten aus dem Dorfladen loswerden: „Ihr könnt euch gar nicht vorstellen mit welcher Herzlichkeit diese Frau Schulze-Steinen mich empfangen hat, als ich ihr mein Beileid aussprach und ihr das Handy ihrer Tochter aushändigte, wobei ich natürlich verschwieg, dass ich darauf schon Bilder gesehen hatte. Danach fragte sie mich nach Einzelheiten dieses traurigen Geschehens. Ich erzählte ihr haargenau vom Besuch des Herrn Pappritz bis zu den Begegnungen mit der Polizei und Förster Willmann. Daraufhin erwähnte die sehr gefasste ältere Dame, dass der Fall im Dorf offensichtlich schon bekannt sei. Und die drei Kunden, die sie heute bedient habe, erstaunt waren, dass der Pappritz ihre Tochter entdeckt habe. Ich bin darauf aus taktvoller Rücksichtnahme nicht näher eingegangen, obwohl es mich interessiert hätte."

„Opa, das war ein leckeres Frühstück, hast du die Johannisbeer-Marmelade selber gemacht?", fragte Josef. „Nicht nur die Marmelade, auch der Früchtetee stammt aus meinem Garten". „Beides war erste Sahne", antwortete Josef im Teenager-Slang und bat seinen Opa: „Ist es möglich, von diesen Spitzenprodukten Muster für Oma mitzunehmen, die würde sich bestimmt wundern, was du alles gelernt hast." „Ich denke daran, wenn ihr nachher zurückfahrt", freute sich Erasmus.

Während sie den Tisch abräumten flüsterte Josef seinem Bruder zu, wie Opa sich das Zusammenleben mit der Oma vorstellte. Friedrich war ähnlich entsetzt wie Josef und versuchte nun vorsichtig den von beiden entwickelten Schlachtplan anzugehen.

„Also, Opa, wir haben uns auch Gedanken über eine glückliche Zukunft unserer Großeltern gemacht", ging Friedrich in die Offensive, als die drei in der Kuschelecke wieder Platz genommen hatten. „Das freut mich, und ich bin gespannt, was dabei herausgekommen ist", antwortete Erasmus erwartungsvoll. „Du und Oma seid schon über fünfzig Jahre verheiratet, seid durch dick und dünn gegangen, habt Freud und Leid miteinander geteilt, und durch eine fixe, sicherlich gescheite Idee von dir, von heute auf morgen vor zwei Jahren getrennt worden. Du hast, was wir hier auch miterleben können, dein Wohlbefinden mit der Natur und in deinem Elternhaus gefunden. Wir können uns gut vorstellen, dass es unserer Oma hier ebenfalls gefallen würde, und schlagen zunächst dir, und bei deinem Einverständnis später auch unserer Oma, folgendes vor." „Boys, ich bin überwältigt, wie ihr euch für das Wohl eurer Großeltern einsetzt und gespannt, auf das was nun folgt", unterbrach

Erasmus den Redeschwall seines Enkels. „Ja, Opa, wir haben uns schlicht und einfach gedacht, dass ihr Haus und Garten als Zuständigkeitsbereiche trennt. Also darf Oma die Regie im Haus, mit Rücksicht auf deine vegetarischen Essgewohnheiten, übernehmen, und du mit allem, was rund ums Haus passieren darf. Klar, beide müsstet ihr Zugeständnisse machen, aber wir glauben und appellieren an dein Einfühlungsvermögen, hiermit den Weg zu ebnen für eine gemeinsame Reise von Eulalia und dir zu eurem Sohn in Santa Monica. Deine Hühner und Hansi werden wir während dieser Zeit versorgen." „Dank an euch beide, und bis zu eurer Abfahrt nach Frankfurt werde ich euch eine Botschaft für Eulalia mitgeben", war Erasmus überwältigt vom Engagement seiner Enkel.

Bevor die Zwillinge mit der letzten Frage aus ihrem Katalog den Umwelt-Opa weiter beanspruchten , hielten sie es für angebracht, ihn für einen Rundgang durch sein land- und viehwirtschaftliches Refugium, seinen Garten, zu begeistern. „Ja, die frische Luft wird uns dreien nach dem Frühstück nicht schaden", war Erasmus freudige Reaktion. Am Hühnerstall und Hansi vorbei, das Gegacker von Lisa und Komplizen noch in Hörweite, in einer Furche der Gemüsebeete stehend, hatte Josef das Bedürfnis, seinem Opa auf ein künftiges Zusammenleben mit Eulalia Lust zu machen. „Ich kann mir vorstellen, wenn du mit unserer Oma wieder einen echten Gesprächspartner im Hause hast und nicht nur Selbstgespräche mit Gott und der Natur und den Tieren führen musst, wird das deinen Alltag enorm bereichern." „Dafür brauche ich aber dringend eure Unterstützung, denn Eulalia wird mir meinen geliebten, ungepflegten Garten permanent madig machen, und darauf will ich gerne verzichten." „Jetzt schaltete sich Friedrich in das Gespräch ein: „Opa, das sehe ich auch so, und du kannst dich darauf verlassen, dass wir ihr diese deine Botschaft wortwörtlich übermitteln werden." „Dann dürft ihr der Oma auch sagen, dass sie im Hause tun und lassen kann, was sie möchte, nur das umweltschädliche Auto soll sie in Frankfurt lassen, ebenso möchte ich ihre Freundinnen und Bekannten hier nicht sehen und ein Fernseher kommt mir auch nicht ins Wohnzimmer." „Also, Opa, damit hast du uns doch schon eine fundierte Verhandlungsbasis mit Oma kundgetan, und ich bin sicher, Oma davon überzeugen zu können, dass sie alles weitere am besten mit dir persönlich besprechen sollte", war Josef zuversichtlich. „Wenn ihr das meint, dann könnt ihr Eulalia und euren Eltern ausrichten, dass ich mich freuen würde, sie demnächst hier willkommen zu heißen."

„Hallo, Erasmus, alter Freund, herzlichen Glückwunsch nachträglich", klang es vom Gartenzaun und schreckte die drei im Gespräch vertieften sichtlich auf. „Das ist Bauer Krämer, mein Jugendfreund", sagte Erasmus leise zu seinen Zwillingen, als sie sich dem Ankömmling näherten. „Guten Morgen, Ludwig, was treibt dich denn schon am Sonntagmorgen auf deine Weide"? , war Erasmus neugierig. „Mein Gott, sind deine Enkelkinder schon groß geworden", wunderte sich der Bauer und begrüßte die drei mit kräftigem Handschlag über den Zaun. „Die Burschen haben in diesem Jahr erfolgreich ihr Abitur gemacht, und da siehst du mal wieder, Ludwig, aus Kindern werden Leute", war Erasmus stolz, während Friedrich und Josef verschämt auf den Boden schauten.

„Erasmus, meine Frau erzählte mir von dem traurigen Ereignis mit Rosi, der Tochter von Frau Schulze-Steinen, sie hat es heute Morgen im Dorfladen erfahren. Und das man die Leiche hier in deiner Nähe gefunden habe." „Das stimmt, und ich kann ihnen auch genau die Stelle zeigen, wo Herr Pappritz sie entdeckt hat, und wo wir das tote Reh gefunden haben", sprudelte es euphorisch aus Josef. „Bevor Josef dich dahin führt, möchte ich gern von dir erfahren, ob dir dieser Pappritz ebenso bekannt ist, wie dem Förster und Frau Schulze-Steinen, die sich beim Erwähnen des Namens verwundert zeigten." „Erasmus, jetzt verblüffst du mich, ein jeder im Dorf und näherer Umgebung kennt den in Hembach wohnenden Junggesellen Willi Pappritz, der früher Büroangestellter bei Opel in Rüsselsheim war und seit etwa zwei Jahren Frühpensionär ist." „Tut mir Leid, nie von ihm gehört." „Es ist schnell erklärt, er ist ein Schlawiner, Charmeur und begehrter Kurschatten in Bad König, und mit Rosi war er auch schon zusammen. Aber er kann garantiert keiner Fliege etwas zu Leide tun, davon bin ich überzeugt, und was außerdem für ihn spricht, ist die Tatsache, dass er zu dir kam, damit du die Polizei benachrichtigen konntest", war sich Ludwig sicher. „Aber, apropos Telefon, soviel ich weiß, besitzt du überhaupt keins", legte Ludwig nach, der schon des Öfteren bedauert hatte, seinen Freund nicht spontan erreichen zu können. „Das haben mir die Zwillinge gestern als Glückspfeil zum Geburtstag geschenkt", gab Erasmus zweideutig Auskunft, „aber davon erzähle ich dir bei nächster Gelegenheit."
Sowohl Josef als auch Friedrich begleiteten den Bauern zu den Fundorten der toten Rosi und dem erschossenen Reh, während Erasmus sich ins Haus zurückzog.

„Da muss ein unerfahrener Wilddieb seine Finger im Spiel gehabt haben", war Ludwigs knapper Kommentar, bedankte sich bei den Zwillingen und lud sie beim nächsten Mal zu einem Rundgang auf seinen Bauernhof ein. Dem von seinem Sohn verwalteten Gehöft sei unlängst das Bio-Siegel für Land- und Viehwirtschaft erteilt worden. Die beiden bedankten sich höflich und versprachen das interessante Angebot anzunehmen.

„Gab's etwas Neues", fragte Erasmus seine Enkel nach ihrer Rückkehr, als die drei wieder in der Kuschelecke saßen.

„Nichts, absolut nichts, außer dass uns Herr Krämer zu einer Hofbesichtigung eingeladen hat", war Friedrich recht kurzangebunden, weil er nach dem überraschenden Handy-Fund der Pappritz-Geschichte vom Bauern nicht traute.

„Während eurer Abwesenheit habe ich ein Glas Marmelade und einen Beutel von dem Früchtetee für Eulalia in einer Tüte auf den Schuhschrank in der Diele gestellt, die dürft ihr nachher nicht vergessen mitzunehmen, und nun lasst es endlich mit eurer letzten Frage aus dem Katalog schnacken", wurde Erasmus ungeduldig.

„Opa, welche war die spektakulärste deiner mit Oma unternommenen Urlaubsreisen"? , war die von Josef und Friedrich mit Bedacht ausgewählte Abschlussfrage.

„Da muss ich mich zwischen zweien von vielen, die wir nach meiner Pensionierung unternommen haben, entscheiden. Das war einmal eine dreiwöchige Schiffreise mit der Costa Mediterranea von Miami durch die Karibik, den Atlantik und das Mittelmeer bis nach Genua.

Aber die mit Abstand spannendste Reise war eine fast sechstausend Kilometer lange Eisenbahnfahrt, wo Eulalia und ich von Dar es Salaam, der größten Stadt Tansanias, nach Kapstadt in Süd-Afrika mit dem luxuriösesten Zug der Welt starteten, dem „Pride of Africa" der Gesellschaft Rovos Rail. In aufwendig restaurierten Waggons mit Holzvertäfelungen im viktorianischen Stil erlebten wir ein unvergleichliches Ambiente. Unsere gemütliche Abteil-Suite war mit einem Doppelbett, kleinem Bad, Kleiderschrank und einem Sessel vor einem Minischreib- oder Kosmetiktisch ausgestattet. Zwei Edel-Restaurants, ein Bar- und ein Aussichtswaggon sorgten für genüssliche Höhepunkte, Unterhaltung und Bewegung während der achtzehntägigen Reise. Bei einer Höchstgeschwindigkeit von sechzig Stundenkilometern waren die abwechslungsreichen Landschaften auch von den zwei Abteilfenstern prima erlebbar. Ich kann euch nur einige von vielen Höhepunkten dieses spektakulären Erlebnisses aufzählen, ansonsten verpasst ihr eure Heimfahrt. Mich haben die mächtigsten Wasserfälle der Erde, die Viktoria-Fälle, die ich mit einem Hubschrauber überflog beeindruckt, während Eulalalia es vorzog, die auf breiter Flucht herabstürzenden Wassermassen des Sambesi-Flusses auf Augenhöhe zu bestaunen. Von dort fuhren wir mit dem Bus zu einer Safari Lodge am Chobe-Fluss. Während einer Bootsfahrt bei untergehender Sonne konnten wir hier Elefanten, Flusspferde, Antilopen und mir unbekannte Wasservögel am Flussufer bestaunen. Beim Frühstück auf der Lodge-Terrasse besuchten uns neben freilebenden Äffchen, die es auf die auf dem Tisch stehenden Bananen abgesehen hatten, auch Zebras, die am nahegelegenen Weiher ihren Durst stillen wollten, und Krokodile, die nach einem Schnäppchen Ausschau hielten.

Nächster Stopp war im Madikwe-Wildreservat, wo wir in einer exklusiven Lodge wohnten. Bei einer Jeep-Safari wurden wir Augenzeugen von gelangweilten, sich räkelnden Löwenfamilien, gemächlich dahinspazierenden Elefantenherden, neugierig schauenden Giraffen, schleichenden Hyänen und stampfenden Wasserbüffeln. Ich muss euch sagen, ein Jugendtraum war in Erfüllung gegangen, unwahrscheinlich beeindruckend auch die für mich völlig fremden Landschaftsbilder. Wir kamen über Pretoria nach Kimberley, einer Diamantenstadt, wo wir das größte jemals von Menschenhand gegrabene Loch der Welt besichtigten, aus dem in über dreißig Jahren über fünfzehn Millionen Karat Diamanten gefördert worden waren. Als wir nach über zwei Wochen in Kapstadt ankamen, waren Eulalia und ich uns sicher, dass es unsere erlebnis- und erfahrungsreichste Urlaubsreise war. Wir konnten erleben unter welch einfachen Lebensbedingungen die Dorfbewohner in den Kraals ihren Alltag verbrachten und zufrieden waren. In den Slums am Rande von Kapstadt sahen wir, wie nah Not und Elend neben Glanz und Reichtum der Stadt beieinander lagen. Und das ist ebenfalls ein großes Unrecht dieser Welt, wogegen anzugehen unser Ziel bleiben muss."

„Jawohl, Opa, damit hast du uns beide auf deiner Seite", meinte Josef und ergänzte, „billig können diese Reisen wohl nicht gewesen sein, aber gewiss eine Entschädigung für eure entbehrungsreiche Jugendzeit." „Wir haben es tatsächlich genossen, umso mehr da die Afrika-Reise ein Geschenk eurer Eltern anlässlich unserer Goldenen Hochzeit war", lachte Erasmus herzhaft und ermunterte die Zwillinge zum Aufbruch, nicht ohne die Frage, ob er ihnen noch Wegzehrung mitgeben solle, was beide ablehnten. „Aber nehmt meine Botschaft mit nach Hause, dass ich mich freuen würde, wenn der nächste Sonntag so verläuft, wie wir es uns wünschen!"

„Das finde ich toll, und ich verspreche dir auch im Namen von Friedrich, alles dafür zu tun, denn nichts liegt uns mehr am Herzen, als dich und Oma wieder in Güte vereint zu erleben", gab Josef Erasmus zu verstehen und Friedrich nickte zustimmend, als er zum Fazit dieses Wochenendes kam.

„Lieber Umwelt-Opa, unseren Besuch an deinem 80. Geburtstag werden wir im Leben nicht mehr vergessen und wird in die Familiengeschichte eingehen. Du hast unsere Fragen nach deinem abwechslungsreichen, interessanten Lebensweg mit Engelsgeduld und viel Hintergrundwissen beantwortet, dass wir nicht nur stolz auf dich sind, sondern auch eine Menge sinnvoller Ratschläge und Erkenntnisse für unseren Lebensweg bekommen haben, dafür danken wir dir von ganzem Herzen."

Das freut und ehrt mich zugleich, aber nun genug der Blumen, ich bestelle euch mit meinem erst verschmähten, jetzt dankbar angenommenen Geschenk ein Taxi, damit ihr pünktlich zum Bahnhof nach Bad König kommt", schmunzelte Erasmus und ließ sich von Josef das Handy bringen.

Als das Taxi erschien, verabschiedeten sich Friedrich und Josef von ihrem Opa mit den aufmunternden Worten: „Es wird alles gut, du kannst dich auf uns verlassen, und wir verlassen uns auf deine Kompromissbereitschaft mit Oma."

Dann nahmen sie die für Eulalia bestimmte Tüte mit Opas Eigenprodukten und winkten Erasmus aus dem anfahrenden Taxi mit nach oben gestrecktem Daumen.

Kapitel 9

Wird Oma kompromissbereit?

Nach der Begrüßung ihrer Eltern eilten Friedrich und Josef zum Telefon, um Jane in Santa Monica anzurufen, und ihr von Erasmus unbeschreiblicher Freude über den Anruf seines Sohnes Justus zu berichten. Sie seien zuversichtlich, die Versuche der Familienzusammenführung zu einem glücklichen Ende zu bringen. Dazu müssten sie jetzt nur noch auf Omas Kompromissbereitschaft hinarbeiten, Opa habe schon signalisiert, Oma Eulalia und ihre Eltern am kommenden Sonntag zu empfangen. Sie bedankten sich nochmals bei Jane für deren Initiative. Jane wünschte den Jungs weiterhin optimales Verhandlungsgeschick, ihrem Adoptivvater Justus werde sie umgehend von dieser frohen Botschaft Bericht erstatten, und außerdem würde sie sich auch freuen, die gesamte Familie einmal kennenzulernen. Dann setzten die beiden sich zu ihren Eltern ins Wohnzimmer und erzählten stolz, dass sie gestern ihrem Opa den Titel „Umwelt-Opa" verpasst hätten. „Hast du Umwelt-Opa gesagt, Friedrich?", fragte der Vater ungläubig. „Ja, ihr habt euch nicht verhört, so haben wir Opa gestern getauft, nachdem er uns mit seinen Lebensgewohnheiten und klaren Ideen für eine bessere Welt in seinem Paradies vertraut gemacht und größtenteils überzeugt hat", meinte Josef selbstbewusst. „Dann habt ihr bestimmt auch von ihm erfahren, wie zielorientiert und diszipliniert er in seinem Beruf seit frühester Jugend gearbeitet hat, und daran dürft ihr euch ein Beispiel nehmen." „Danke, Vater, der Stich hat gesessen", konterte Josef schnippisch.

Abwechselnd berichteten sie vom Verlauf des spannenden Wochenendes und ließen dabei keine Kleinigkeit aus.

Herta und Karl waren sichtlich überrascht, dass Erasmus auf Justus Anruf so positiv reagiert hatte und fragten wie Eulalia damit fertig werde? „Das könnt ihr uns überlassen, wir sind sehr zuversichtlich, weil wir mit Opa bereits einige Vorbehalte geklärt haben", erwiderte Josef.

Es war Karl, der noch einmal auf den von Friedrich geschilderten Leichenfund einging. „Rosi, die Tochter Frau Schulze-Steinens, kenne ich noch aus meiner Kindheit, als ich mit Justus an den Wochenenden oder während der Schulferien bei euren Ururgroßeltern, Maria und Friedhelm, sein durfte. Rosi half ihrer Mutter oft im Laden, sie war ein lustiges, hübsches Geschöpf. Es tut mir sehr leid, dass ihr das zugestoßen ist. Übrigens kann ich mir nicht vorstellen, dass Herr Pappritz, den ihr als Entdecker der Leiche erwähntet, etwas mit dem Unfall zu tun hat, denn als solchen sehe ich den tragischen Tod von Rosi." „Wie kommst du denn darauf?", fragte Josef erstaunt. „Sieh mal, wie ihr behauptet, lag unweit von Rosi das tote Reh, und was liegt da näher, als an einen Querschläger oder aus Versehen abgefeuerten Schuss aus dem Gewehr eines Wilddiebes zu denken. Aber warten wir es ab, vielleicht hat Erasmus nächsten Sonntag schon weitere Einzelheiten", spekulierte Karl und verblüffte mit seiner Theorie seine Söhne. „Warum übrigens Opa den Weiberhelden Pappritz nicht kannte wundert mich nicht, denn seit je her interessierte er sich nicht für Klatsch und Tratsch, er hasste das geradezu. Aber dass Pappritz schon in seiner frühesten Jugend ein eingebildeter Fatzke und Weichei war, daran kann ich mich gut erinnern. Als ich als Teenager einen Großteil der Semesterferien bei den Großeltern, Maria und Fried-helm, verbrachte, und wir Böllsteiner gegen die Hemba-cher Burschen auf dem Ascheplatz in Böllstein Fußball spielten, war es der blendend aussehende Willi Pappritz, der jeden Zweikampf scheute, damit seine ondulierte Fri-sur keinen Schaden erlitt. Er war wohl im Glauben, damit den Dorfschönheiten am Spielfeldrand imponieren zu kön-nen." „Das könnte eine Begründung dafür sein, dass dieser Schisser Opa nicht spontan kundtat, dass es sich bei der Leiche um Rosi handelte", war sich Friedrich jetzt sicher.

„Jetzt wird es aber Zeit, zu eurer Oma zu gehen, die schon recht aufgeregt auf euch wartet", sprach Mutter Herta und die Zwillinge ließen sich das nicht zweimal sagen.
Freudig erregt klingelten die beiden im Obergeschoss ihres Wohnhauses bei Eulalia an, und mit einem „Herzlich Will-kommen" wurden sie von ihr empfangen und liebevoll um-armt. „Nehmt drüben im Wohnzimmer Platz. Möchtet ihr wie gewöhnlich eine Cola?", war Eulalias Frage und sie schon auf dem Weg zum Kühlschrank, ehe die Knaben lauthals im Chor „Ja, bitte!", antworten konnten. Nachdem ihre Oma das gewünschte Getränk serviert und für sich ei-nen Cognac eingeschenkt hatte, war es Friedrich, der ihr Opas Geschenk mit ganz lieben Grüßen überreichte. Er vergaß natürlich nicht zu erwähnen, dass es sich um Eigen-produkte aus Opas Garten handelte. Eulalia war sichtlich gerührt, hatte sie doch schon über zwei Jahre keinen per-sönlichen Kontakt zu ihm, nur postalisch wurden behörd-liche und banktechnische Botschaften kurz und bündig ausgetauscht, wie es Erasmus Wunsch war.
Nun war sie mehr als gespannt - zumal sie seit dem Ge-spräch mit Justus schon einige schlaflose Nächte verbracht

hatte, was ihr die Zwillinge von dem überraschenden Anruf ihres Sohnes anlässlich des Geburtstages von Erasmus zu berichten hatten.

„Es war sogar für uns wie ein Geschenk, als Opas Handy gestern wie vereinbart punkt 22:00 Uhr klingelte, und wir erleben durften, mit welch überschäumender Freude Erasmus sofort Justus Stimme und sein fröhliches Lachen am Telefon erkannte, und sie sich viel zu erzählen hatten", berichtete Josef. Friedrich erzählte noch, dass sich Opa zwar für das Handy-Geschenk bedankt hatte, es aber zunächst eher als eine unüberlegte Zumutung in seinem Einsiedlerdasein empfand, bis es sich als Schlüssel für eine Hilfeleistung und schließlich als Kontakter zu Justus bewährte.

Dann erzählten sie der aufmerksam lauschenden Oma, wie souverän Erasmus ihre Fragen beantwortet hatte, wie er sie verköstigt hatte, vergaßen auch nicht seine Liebe zur Natur, die Gespräche mit seinen Hühnern, seinem Kaninchen Hansi und den sensationellen Leichenfund zu erwähnen.

„Also, Opa fühlt sich in dem Naturparadies pudelwohl, aber glücklich sein könnte er dort nur mit dir zusammen", kam es Josef spontan über die Lippen, weil er Eulalias Kompromissbereitschaft herausfordern wollte. „Hat er das wirklich gesagt"? , fragte sie erfreut. „Ja, das stimmt", pflichtete Friedrich seinem Bruder bei und ergänzte: „Er hat uns sogar verraten, wie er sich das vorstellt." „Da bin ich aber gespannt wie ein Flitzebogen", sie rückte mit ihrem Sessel noch näher zu den Enkeln und nippte an ihrem Cognac-Glas.

Nun schilderten die beiden ihrer Oma wohlabgestimmt und abwechselnd Opas Vorstellungen von einem gemeinsamen Zusammenleben in Böllstein, wie es sich auch ihr Onkel Justus wünschte, was sie besonders betonten. Bevor

Eulalia überhaupt darauf reagieren konnte, rieten sie ihr, Erasmus am besten anzurufen, um ihm ihre Bereitschaft für ein persönliches Gespräch am kommenden Sonntag zu signalisieren.

Eulalia war gerührt, denn sie litt mehr als Erasmus unter der Trennung und freute sich umso mehr, dass mit einer Lösung auch ein Wiedersehen mit ihrem verlorenen Sohn verbunden sein könnte.

„Boys, ich danke euch für diese frohe Botschaft und verspreche euch, morgen früh Erasmus anzurufen", war Eulalias emotionale Reaktion mit tränenerstickter Stimme. Josef und Friedrich verstanden, dass Oma das erstmal in Ruhe verarbeiten musste und verabschiedeten sich, nachdem sie ihre Cola-Gläser geleert hatten.

Noch bevor Karl und Herta am nächsten Morgen ins Geschäft gingen bekamen sie Besuch von der mit siebenundsiebzig Lenzen immer noch rüstigen, attraktiven Eulalia. Nur mit einem Bademantel bekleidet und ungekämmt entschuldigte sie sich für die Störung beim Frühstück und ihr Outfit, um sofort ihren Kummer loszuwerden: „Ich habe mal wieder, wie schon des Öfteren seit dem Gespräch mit Justus, eine schlaflose Nacht hinter mir." „Beruhige dich, Mutter, nimm bitte hier am Tisch Platz und schildere uns den Grund deines Überfalls", versuchte Karl humorvoll zu sein.

„Ich kann einfach nicht glauben, was mir Friedrich und Josef gestern Abend von Erasmus Einstellung zu unserem gemeinsamen Zusammenleben erzählten, und wie und ob ich damit fertig werden kann. Ich gebe zu, dass ich mich über die positive Botschaft, mit mir wieder zusammenleben zu wollen, sehr gefreut habe. Aber vielleicht war es nur eine

unbedachte, spontane Reaktion von ihm, nach Justus Anruf", war Eulalia mehr als unsicher.

„Liebe Mutter", begann Karl und fasste sie liebevoll an der
Hand, „so wie die Kinder uns Vaters Gefühlswelt nach
Justus Anruf geschildert haben, hatte er, genau wie du, eine
Nacht gebraucht, um seine Gedanken zu sortieren. Also
gehe davon aus, dass alles, was er dir übermitteln ließ,
wohl überlegt war. Und soviel ich weiß, haben dir die Kinder empfohlen, Erasmus heute anzurufen, um grobe Bedenken deinerseits im Vorfeld des Besuches bei ihm aus
dem Weg zu räumen. Und denke daran, dass von euer beider Versöhnung das Glück der ganzen Familie abhängt."
Herta nickte zustimmend. „Danke, Karl, ich werde ihn
nachher anrufen und mir erklären lassen, wie er sich das
mit dem vegetarischen Essen und dem Fernsehverbot vorstellt, denn auf meine Lieblingssendungen „In aller
Freundschaft, Rote Rosen und Lindenstraße" will ich nicht
verzichten." „Wenn du dir deswegen die Nacht um die Oh-
ren geschlagen hast, bin ich mir sicher, dass es umsonst
war, denn dafür kenne ich meinen alten Herrn zu gut, nämlich einen passablen Vorschlag parat zu haben", lachte
Karl, der inzwischen aufgestanden war, um sich mit den
Worten zu verabschieden: „Entschuldige, Mutter, Herta
und ich müssen uns sputen, wir müssen pünktlich zur Ge-
schäftsöffnung vor Ort sein", und begleitete Eulalia zur
Wohnungstür.

Wie nicht anders zu erwarten, verlief das erste Telefongespräch seit über zwei Jahren zwischen Eulalia und Erasmus
sehr emotional und trotzdem harmonisch. Beide freuten

sich auf ein Wiedersehen am kommenden Sonntag und waren zuversichtlich, ihre gegenseitigen Bedenken im persönlichen Gespräch ausräumen zu können.

Kapitel 10

Zieljustierung für den Glückspfeil

Als Josef und Friedrich noch am selben Tag von ihrer Oma erfuhren, dass das Treffen zwischen Eulalia und Erasmus gemeinsam mit Herta und Karl in trockenen Tüchern war, griff Friedrich sofort zum Telefon, um Jane in Santa Monica darüber zu informieren, die die Boys wiederum bat, sie weiterhin auf dem Laufenden zu halten.

Für den Besuch ihrer Eltern und Eulalia bei Opa nahmen Josef und Friedrich sich vor, ihre Eltern nicht ins offene Messer laufen zu lassen. Weil ihnen deren übertriebener Ordnungssinn auf die Nerven ging und erst recht dem Opa, hielten sie es für wichtig, die drei schonend darauf hinzuweisen, sich bloß nicht negativ zu seinem gewöhnungsbedürftigen Outfit oder dem naturbelassenen Garten zu äußern. Ferner möglichst nicht mit dem Auto anzureisen, um Opas Sensibilität in Sachen Klimaschutz nicht zu strapazieren. Herta und Karl, beide die Pingeligkeit in Person, wunderten sich nicht nur über die Wünsche ihrer Söhne, sondern auch über Eulalias unerwartete Reaktion. Sie freute sich wider Erwarten über das Engagement ihrer Enkel, erkannte deren Beweggründe, und gab ihnen Recht. Karl musste erst noch von seiner Frau überzeugt werden, das Auto in der Garage zu lassen.

Dann war es soweit, die Zwillinge verabschiedeten am Sonntagmorgen ihre Eltern und Oma am Bahnhof in Frankfurt-Niederrad mit besten Wünschen für ein gutes Gelingen und ganz lieben Grüßen an den Umwelt-Opa.

„Ich lass mich überraschen, wie die Sache ausgeht", äußerte sich Josef mehr skeptisch als optimistisch auf dem Heimweg. Friedrich dagegen war einhundertprozentig sicher, dass das nur gut gehen könne, weil für Oma und Opa die Versöhnung mit Justus oberste Priorität haben werde und diese Tatsache beide kompromissbereit mache. „Aber du erinnerst dich doch auch an Opas Argumente für sein Einsiedlerdasein", gab Josef zu bedenken. „Ja, natürlich, aber nach Justus Anruf haben wir einen völlig positiv veränderten Opa erlebt, einen Opa, wie wir ihn vor seiner Depression, oder den Burnout, wie er es nannte, kannten", meinte Friedrich überzeugt. Aber für Josef war wichtig festzustellen, dass er sich den Opa von früher nicht mehr vorstellen möchte, nämlich ohne Umweltbewusstsein und seinen neuen Hobbys in seinem Paradies. „Da bin ich ebenfalls deiner Meinung", lächelte Friedrich.

Noch auf dem Heimweg überraschte Friedrich seinen Bruder mit der Frage: „Wie mag wohl unsere gemeinsame Cousine Jane aussehen?" „Wenn sie so gut ausschaut wie ihre Stimme klingt, dann habe ich ein gutes Gefühl", war Josef optimistisch und hatte sofort eine Idee, die er Friedrich nicht verraten wollte.

Wieder Zuhause angekommen, war sein erster Weg in Vaters Büro, denn hier war er sicher, in Papas geordnetem Bilderkasten ein passendes Familienfoto für Jane zu finden. Es war ein Urlaubsfoto aus dem letzten Jahr während ihres erlebnisreichen Aufenthalts mit Eulalia auf Teneriffa, aufgenommen am Strand von Puerto de la Cruz, das ihm am besten gefiel. Im Handumdrehen hatte Josef die Aufnahme auf sein Handy fotografiert und ein weiteres von ihrem Umwelt-Opa hinzugefügt. Ab ging die Post via

WhatsApp mit herzlichen Grüßen und der Bitte an Jane, auch ihm ein Foto zu senden.

Die Antwort kam prompt, und Josef kam aus dem Staunen nicht heraus. Sofort eilte er zu Friedrich, der schon wieder mit einem Computerspiel beschäftigt war. Stolz streckte er ihm sein Handy entgegen, auf dem Jane mit zauberhaftem Lächeln zwischen ihren Adoptiveltern, Errol und Justus, vor einem luxuriösen Landhaus stand. Jane hatte notiert, wer Justus und wer Errol war, und dass sie vor ihrem Wohnhaus in Malibu ständen. „Das Mädchen hat eine Figur wie Naomi Campbell, das britische Model", war Friedrich hin und weg. „Das könnte sogar eine Tochter von ihr sein", verschlug es Josef fast die Sprache. „Aber hättest du Justus darauf erkannt"? , fragte Josef. „Ehrlich gesagt, nein, aber wir kennen ihn doch auch nur von den Fotos aus seiner Kinder- und Jugendzeit", antwortete Friedrich und ergänzte freudestrahlend, „jetzt habe ich eine Idee, was hältst du davon, Josef, wenn wir im Laufe des Nachmittags dieses Foto an Opa senden?" „Toller Einfall, das könnte bestimmt zu einem positiven Verhandlungsklima beitragen", war Josef begeistert.

Kapitel 11

Volltreffer zum Glück

Erasmus hatte sich in Erwartung des Besuches, entgegen seiner Gewohnheit, das gepflegte Outfit, in dem er Eulalia vor zwei Jahren verlassen hatte, aus dem Kleiderschrank geholt. Mehrmals hatte er sich im Spiegel betrachtet und sich gefragt: „Bin ich es tatsächlich, oder ist es der Erasmus aus einer Welt, deren Missstände ihn in ein psychisches Loch fallen ließen?" Dann schmunzelte er: „Ja, ich bin es, bekenne mich zu den Fehlern meiner Vergangenheit, habe hier dank der Erfahrungen in und mit der Natur meine Lehren daraus gezogen und bin nun rundherum zufrieden, nur zum Glücklichsein fehlt mir meine komplette Familie."
Aber wie denkt Eulalia, will sie mit mir, dem sturen, dickköpfigen Erasmus jene Regeln einhalten, die ich mir für unser Zusammenleben vorstelle, ging es ihm immer wieder durch den Kopf, als er es sich bei einer Tasse Früchtetee im Schaukelstuhl gemütlich gemacht hatte.

Plötzlich hörte er ein Taxi vorfahren, und aus dem Fenster konnte er zu seiner Überraschung erkennen, dass die Erwarteten nicht wie er es in Erinnerung hatte, modern gestylt, sondern leger gekleidet aus dem Taxi stiegen. „Da haben meine Enkelkinder aber ganze Arbeit geleistet", flüsterte er vor sich hin, „nicht nur mein Autoverbot wurde respektiert, auch auf ihr Modegehabe haben sie Einfluss genommen."

Karl, ein hagerer in sich gekehrter Typ, war gespannt darauf, wie sich seine Eltern nach zweijähriger Abstinenz wieder begegnen würden, konnte er doch bis heute nicht die damalige Kurzschlusshandlung seines Vaters nachvollziehen. Es kam, wie er es nicht erwartete. Eulalia stand weinend neben ihm, als Erasmus im Hauseingang erschien und den dreien ein „Herzliches Willkommen" zurief. Damit war der Damm gebrochen. Eulalia wischte sich die Tränen von den Wangen und schritt freudig erregt ihrem Erasmus entgegen und umarmte ihn. „Du siehst blendend aus", flüsterte Erasmus ihr ins Ohr. „Danke, und du hast dich, bis auf den langen Kinnbart, äußerlich überhaupt nicht verändert", antwortete Eulalia lächelnd.

Karl und Herta wurden von dem alten Haudegen ebenso herzlich begrüßt, und Erasmus bat seine Besucher im Wohnzimmer Platz zu nehmen. Erasmus hatte bereits, wie er es von Eulalia kannte, die Sektgläser auf Untersetzern auf dem alten Esstisch bereitgestellt. Karl bot sich an, den Sekt aus dem Kühlschrank zu holen und zu entkorken, auch das Einschenken überließ ihm sein Vater mit einer lässigen Handbewegung. Man trank auf das erfreuliche Wiedersehen dank der Initiative von Jane, Friedrich und Josef.

Nach dem Austausch allgemeiner Wohlfühlfloskeln und Neuigkeiten aus dem Frankfurter und Böllsteiner Bekanntenkreis, wollte sich Erasmus zur Vorbereitung des Mittagessens in die Küche begeben. Das ging Eulalia dann doch zu weit. Noch zu gut kannte sie sich in diesem Haushalt aus, viele Wochenenden- und Ferien hatten sie dort gemeinsam verbracht. Ergo erkundigte sie sich bei ihrem Mann, was er denn vorbereitet habe. „Bratkartoffeln mit Spiegeleiern, und die Kartoffeln stehen schon abgepellt neben dem Herd, die Eier im Kühlschrank", entgegnete Erasmus erstaunt und nahm Eulalias Angebot an.

Während Eulalia in der Küche beschäftigt war, lenkte Erasmus das Gespräch mit Herta und Karl auf die Enkelkinder und betonte deren Wissbegierde, Aufgeschlossenheit, Hilfsbereitschaft und selbstbewusstes Auftreten. „Die beiden haben sich sehr vorteilhaft entwickelt, darauf dürft ihr stolz sein", war ein von den beiden noch nie gehörtes Kompliment über ihren Nachwuchs. „Ja, Vater, die beiden haben nach ihrer Heimkehr auch nur Positives von ihrem Umwelt-Opa, so nannten sie dich, erzählt und waren begeistert von deinem Leben mit, für und in der Natur", erwiderte Karl das Kompliment.

Nun war es Karls Neugierde, die ihn veranlasste seinen Vater zu fragen, ob er Lust habe, mit ihm und Herta einen Rundgang durchs Haus zu machen. „Klar, gerne, fangen wir im Keller an", antworte Erasmus und war schon auf dem Weg in die Diele zur Kellertreppe. „Prima, Hobbyraum und Sauna sind fast unverändert, sogar die Tischtennisplatte steht noch da, an der ich mit Opa Friedhelm, Justus und dir so manches spannende Match bestritten habe. Aber was ist das"? , staunte Karl beim Blick in den Heizungskeller: „Wo ist denn der Öltank geblieben, Vater?" „Dafür habe ich meinen Mercedes verkauft, damit ich die Anzahlung zur Installation einer Erdwärmeheizung finanzieren konnte", lächelte Erasmus verschmitzt. Dann betraten sie den Wirtschaftsraum und Herta fragte zögerlich: „Wäscht du etwa noch selber?" „Aber natürlich, Oma Maria hatte noch bis vierzehn Tage vor ihrem Tod mit siebenundneunzig Jahren den ganzen Haushalt ohne fremde Hilfe im Griff, also auch für mich kein Hexenwerk", kam es recht energisch von Erasmus. In der oberen Etage angekommen, wunderte sich Karl über den gut aussehenden Laminatfußboden und fragte: „Wer hat denn den so exakt verlegt?" „Das habe ich gemacht, nachdem ich mich im Baumarkt schlau gemacht hatte", war Erasmus sichtlich stolz. Karl war beeindruckt, das hatte er seinem Vater, dem Kaufmann mit zwei linken Händen niemals zugetraut.

Inzwischen war Herta zu Eulalia gegangen, um ihr beim Servieren zu helfen, konnte es sich aber nicht verkneifen, mit dem Finger über den Küchentisch zu streifen, um ihrer Schwiegermutter anzudeuten, wie lange hier nicht geputzt worden sei. Eulalia zuckte nur mit den Schultern und sagte: „Ja, ja, typischer Männerhaushalt."

Nach dem Essen, bei dem sich Eulalia noch für Erasmus Geschenke aus seiner Produktion bedankte und ihre Köstlichkeit hervorhob, ging es zur Sache.

„Glücklicherweise haben uns unsere Enkelkinder und unser verlorener Sohn Justus bereits eine Brücke für unser künftiges Zusammenleben gebaut, wir müssen jetzt nur noch die Feinjustierung vornehmen, liebe Eulalia", gab sich Erasmus zur Verwunderung seiner Gäste optimistisch. „Ja, da kann ich dir beipflichten und habe mich intensiv damit beschäftigt. Um es vorweg zu sagen, mit der von dir gewünschten Trennung von Haus und Garten bin ich einverstanden, aber auf den Fernseher, mein Auto und den Kontakt zu meinen Freunden und Bekannten kann und will ich nicht verzichten", begann Eulalia recht forsch. „Mit deinen Einwänden habe ich gerechnet und schlage dir vor, das zweite Kinderzimmer im Obergeschoss als Fernsehzimmer einzurichten, genauso wie ich dir Umstellungen und Veränderungen nach deinem Gusto bei der Einrichtung unserer gemeinsamen Wohnung zugestehe, mit einer Ausnahme, der Kuschelecke mit dem Schaukelstuhl. Deine

Bekannten kannst du jederzeit in unserer Frankfurter Wohnung empfangen, wohin du fahren kannst, wann immer du Lust hast, aber für dein Auto gibt es hier keinen Platz", erläuterte Erasmus völlig unaufgeregt, als er eine WhatsApp auf sein Handy bekam. „Das hat Zeit, wir müssen erst mit unserer Angelegenheit zu Potte kommen", reagierte Erasmus. Eulalia meldete sich zu Wort. „Erasmus, das hört sich alles besser an, als ich es erwartet hatte. Zum Auto kann ich dir sagen, dass ich mir schon ein E-Auto bestellt habe, mit deinen veränderten Essgewohnheiten habe ich mich auch schon angefreundet. In der letzten Woche habe ich mir nur vegetarische Mahlzeiten zubereitet, sie sind mir sehr gut bekommen. Und außerdem muss ich dir sagen, dass du dich in deiner ganzen Art sehr zum Vorteil verändert hast. Deine Entscheidung, dir eine Auszeit zu nehmen, kam genau zum richtigen Zeitpunkt", lächelte Eulalia Erasmus liebevoll an. Karl und Herta, die sich bisher in Schweigen gehüllt hatten, klatschten Beifall. Erasmus wirkte im ersten Moment verlegen, erhob sich von seinem Stuhl, ging dann auf Eulalia zu, nahm sie fest in seine Arme und küsste sie lang und innig, um dann festzustellen: „Nun ist alles in trockenen Tüchern, und wir können uns in meinen zukünftigen Arbeitsbereich, den Garten begeben, dem ich unter anderem verdanken kann, dass ich so geworden bin, wie meine Enkel mich sehen, zum Umwelt-Opa."

Herta, Karl und Eulalia taten sich nach dieser Aussprache leicht, an allem, was sie unmöglich fanden, kritiklos vorbeizugehen. Und als Erasmus ihnen dann gedankenschnell den zukünftigen Stellplatz für das E-Auto unter einem geplanten Carport zeigte, herrschte eitel Sonnenschein, und

Eulalia bedankte sich mit einem Aufschrei der Begeisterung.

Es war geschafft, ein nicht vorhersehbarer Glücksmoment in der Familie Eisenblätter war geboren, der sie nicht nur dem verlorenen Sohn Justus mit seiner Familie näher brachte, sondern auch die Liebe zwischen Eulalia und Erasmus wieder beflügelte.

Wieder zurück im Wohnzimmer war es Eulalia, die Erasmus fragte, ob sie Kaffee kochen dürfe. „Dumme Frage", lachte er, „du bist doch ab sofort die Chefin im Hause." Nach dem Kaffeeklatsch, als über vergangene Zeiten und Geschichten geplaudert wurde, drängten Herta und Karl, zum Aufbruch. Zu aller Verwunderung vernahmen sie von Eulalia, dass sie hier übernachten und erst morgen nach Frankfurt fahren werde. Dabei schaute Eulalia in ein strahlendes Gesicht ihres geliebten Ehemanns.

Ebenfalls mit einem Gefühl der Freude verabschiedeten sich Herta und Karl von dem glücklichen Paar, aber nicht ohne die Frage gestellt zu haben, ob es Neuigkeiten zum Todesfall von Rosi gebe. „Ja, entschuldigt, das vergaß ich euch zu sagen, weil es vor allem Josef und Friedrich interessieren wird. Es war ein junger Mann aus Erbach der sich der Polizei am letzten Dienstag, nachdem der Fall durch die Presse bekannt geworden war, stellte. Er gab an, er habe auf das Reh gezielt und zweimal geschossen, dann einen lauten Schrei gehört und vor Schreck das Weite gesucht. Also wurde Rosi offensichtlich von einem Querschläger getroffen", erklärte Erasmus. „Das mit dem Querschläger habe ich auch schon vermutet, als die Boys mir die traurige Geschichte erzählten", sagte Karl und folgte

Herta nach herzlicher Verabschiedung zum wartenden Taxi.

Nun war es Erasmus, der sich als Chef des Weinkellers betätigte und ein edles Tröpfchen herauf holte, entkorkte und in der Kuschelecke auf dem kleinen runden Tischchen zusammen mit den Gemüse-Snacks servierte. Nachdem sie auf ihr Wohl und eine hoffentlich wieder glückliche, gemeinsame Zukunft angestoßen hatten, war es Eulalia, die Erasmus an die WhatsApp erinnerte. „Dein Wunsch ist mir Befehl", lachte Erasmus, und als er dann das Bild der Familie seines ältesten Sohnes vor dem Hintergrund von deren Landhaus sah, kullerten dem Haudegen ein paar Tränchen über die Wangen. Sichtlich verlegen zeigte er es Eulalia, die ebenso gerührt war und fragte: „Wer ist der Absender?" „Wer schon", antwortete Erasmus stolz, „natürlich unsere Enkel Friedrich und Josef, die das bestimmt mit unserer Adoptiv-Enkelin Jane ausgeheckt haben. Spontan wählte Erasmus die gespeicherte Nummer von Justus und war sich sicher, ihn an einem Sonntag um die Mittagszeit in Malibu zu erreichen. Tatsächlich meldete sich Justus, und Erasmus begann mit freudig erregter Stimme in einem wahren Redeschwall die Ereignisse des Tages loszuwerden, ehe Justus ihn stoppte, ebenfalls seine Freude darüber kundtat und fragte, ob die Mutter noch bei ihm sei. „Ja, natürlich, ich übergebe." Eulalia sprach noch länger mit Justus, als ihr Mann, bedankte sich zum Schluss für das Familienbild, wobei sie das gute Aussehen seines Ehemanns und Jane besonders betonte. Justus reagierte erstaunt: „Dass ihr ein Bild von uns bekommen habt ist mir neu, das muss Jane wohl mit euren Enkeln gemanagt haben, finde ich aber toll. Und um das Familienglück nach über dreißig Jahren vollkommen zu machen, lade ich euch zu uns nach Malibu ein, falls ihr könnt und wollt schon am nächsten Wochenende, denn ich kann es auch nicht erwarten euch endlich wiederzusehen." „Danke, Justus", war Eulalia hin und weg und sagte leise, „Tschüss, du wirst in den nächsten Tagen von uns hören."

Eulalia, wie kommst du darauf, den Partner von Justus als Ehemann zu bezeichnen"? , fragte Erasmus neugierig. „Lieber Mann, während ich mich um das Wohl unserer heranwachsenden Kinder kümmerte, du fast ausschließlich deinen Beruf im Kopf hattest, sind dir einige Eigenarten unserer Sprösslinge verborgen geblieben. So auch Justus Vorliebe mit Puppen statt Modelleisenbahnen zu spielen oder sich mit meinen Kleidern vor dem Spiegel zu drehen." „Eulalia, ich muss dir widersprechen, auch mir fiel auf, dass mich Justus Gebaren immer häufiger an einen schwulen Arbeitskollegen erinnerte, nur war ich zu feige, das mir und dir gegenüber einzugestehen. Es war der größte Fehler meines Lebens", sagte Erasmus leise mit gesenktem Kopf, nahm Eulalias Hand und streichelte sie sanft.
Der Abend wurde lang und gemütlich, viele Erlebnisse aus vergangenen Urlauben und mit ihren Kindern wurden wieder ins Gedächtnis gerückt, das Drumherum ihres zukünftigen Zusammenlebens war natürlich das Hauptthema. Dann ließ sich Eulalia noch einmal von Erasmus das Handy-Bild von Justus Familie zeigen, nach längerem Anschauen meinte sie: „Ich danke und bewundere unseren Justus, weil er das Waisenkind Jane in seine Ehegemeinschaft aufgenommen hat und ihr damit die familiäre Zuwendung gegeben hat, die ich während meiner Kindheit schmerzlich vermisst habe."

Von dem edlen Tropfen, einem „Rioja", war nichts mehr in der Flasche, als beide eine angenehme Bettschwere spürten.

Der an positiven Überraschungen reiche Tag hatte noch einen Höhepunkt für Eulalia parat. Als sie das gemeinsame Schlafzimmer betraten, war Eulalia hellauf begeistert von Erasmus Ideenreichtum und handwerklichem Können. Er hatte den antiken Möbeln seiner Eltern einen hellen, modernen Touch verliehen und den verschlissenen Teppichboden gegen Laminatfußboden ausgetauscht.

Kapitel 12

Wiedersehen macht Freude

Mit Spannung erwarteten Josef und Friedrich die Heimkehr ihrer Eltern und Oma Eulalia.
„Habt ihr Oma schon nach oben begleitet"? fragte Josef
enttäuscht, als die Eltern in der Wohnungstür standen.
„Nein, sie kommt erst morgen zurück. Die Versöhnung hat
geklappt", lächelte Karl freudestrahlend. „Das ist ja toll",
meinte Josef. „Mehr als das, es ist fantastisch", ergänzte
Friedrich und bat die Eltern, nachdem sie es sich im Wohnzimmer gemütlich gemacht hatten, um einen ausführlichen
Bericht. Herta besorgte Cola für die Boys, für sich ein Glas
trockenen Chardonnay und Karl bekam eine Flasche Vel-
tins. Dann schilderte Karl den Besuch bei Erasmus in allen
Einzelheiten, sprach erstmals nach der Trennung vor zwei
Jahren nur positiv über den Umwelt-Opa. Nur Herta konnte
es nicht lassen, sich über mangelnde Sauberkeit im Haus
und Unordnung im Garten zu äußern, was den Kindern
merklich auf die Senkel ging, sie es aber kommentarlos
über sich ergehen ließen. Sie warteten immer noch darauf,
ob Karl etwas von ihrer WhatsApp an Opa und außerdem
vom Leichenfund erzählen würde, dem war nicht so, also
fragten sie nach. „Also, eine WhatsApp ist wohl angekommen, aber Opa hat sie nicht in unserem Beisein geöffnet,
und der tragische Tod von Rosi ist genauso passiert, wie
ich es bereits vermutete. Ein junger Mann hat sich am
Dienstagmorgen der Polizei gestellt und ausgesagt, dass er
zweimal auf das Reh geschossen habe und von dem fürch-
terlichen Schrei eines Menschen so erschrocken war, dass
er geflohen sei", berichtete Karl. „Also ein Querschläger,

reagierte Josef, „aber warum haben weder wir noch Opa, Pappritz oder die Polizei eine Spur davon an der Leiche entdeckt?" „War es nicht so, dass Rosi einen roten Pulli trug, als ihr sie saht, und sie vom Regen durchnässt auf dem Rücken lag"? , fragte Karl. „Ja, das stimmt", antwortete Friedrich nach kurzem Nachdenken. „Dann wird es so gewesen sein, dass das Projektil des zweiten Schusses des jugendlichen Wilddiebes einen Baum gestreift und dann Rosi entweder in den Rücken oder am Hals getroffen hat und Blutspuren auf den ersten Blick nicht erkennbar waren, aber sofort bei der Bergung der Leiche oder spätestens bei der Obduktion festgestellt werden konnten", war Karl sicher.

Dann kam für Josef und Friedrich die Gelegenheit, auch den Eltern das Foto von Jane, Justus und Errol auf dem Handy zu zeigen.

„Mein Gott, ist der ein Prachtkerl geworden, mein Bruder Justus, und ich finde seinen Ehepartner ebenfalls nett, und diese Jane ist ja ein bildhübsches Mädchen", mit diesem Ausbruch der Freude gab Karl das Handy seiner Frau. Herta rümpfte nur die Nase und wollte wissen, vor welchem Haus die Aufnahme entstanden sei. „Das ist das Wohnhaus der drei in Santa Monica bei Los Angeles in Kalifornien", gab Friedrich Auskunft, dem es nicht entgangen war, mit welcher Skepsis seine Mutter das Bild betrachtet hatte.

„Sollten meine Eltern eure Handy-Botschaft heute noch geöffnet haben, werden sie sich bestimmt riesig gefreut haben und um einen Gesprächsstoff reicher geworden sein", schmunzelte Karl, der auch keinen Hehl daraus machte unbändigen Hunger zu haben. Überraschend sprang Friedrich auf und fragte: „Ist es euch recht, wenn wir den Tisch decken?" „Ja, gewiss, aber was verschafft mir die Ehre dieses ungewohnten Angebotes"? , war Herta erstaunt, denn das hatte sie bisher noch nie erlebt. „Alles eine Folge des Besuchs bei unserem Umwelt-Opa", gab Friedrich die für seine Eltern rätselhafte Antwort. Josef fiel sofort Opas Ratschlag ein, dass Kinder auch Pflichten im Haushalt übernehmen sollten, solange sie die Füße unter den elterlichen Esstisch stellen.

Die Neugierde über die Reaktion der Großeltern von Janes WhatsApp beschäftigte die Zwillinge den ganzen Abend, aber deswegen den Opa anzurufen, verkniffen sie sich, weil sie das erste Beisammensein von Eulalia und Erasmus nach zwei Jahren nicht stören wollten. Friedrich vertrieb sich die Zeit mit Computerspielen, und Josef wollte von seinem Vater mehr über die gemeinsamen Urlaube mit Justus erfahren, was für beide ein abendfüllendes Programm wurde.

Bevor Eulalia am Montagmorgen gestylt aus dem Bad kam, hatte Erasmus im gewohnten Schlabberlook schon den Frühstückstisch gedeckt, frische Eier aus dem Hühnerstall geholt, gekocht und Brötchen aufgebacken. „Erasmus, das ist doch von nun an meine Aufgabe gemäß deiner Aufgabentrennung von Haus und Garten", lachte Eulalia. „Vielleicht erinnerst du dich noch an die Zeit nach meiner Pensionierung, als ich diesen „Job" gerne ausübte und auch einmal wöchentlich für uns das Mittagsmahl zubereitete.

Daran soll sich auch in Zukunft nichts ändern", gab sich Erasmus ungewohnt charmant und schenkte den Früchtetee aus eigener Herstellung ein. Beim Frühstück besprachen sie Eulalias Ideen für Änderungen im Badezimmer, dem künftigen Fernsehzimmer und der Anschaffung diverser Möbelstücke sowie den von Erasmus vorgeschlagenen Bau eines Carports. Erasmus konnte die konstruktiven Vorschläge seiner Frau nachvollziehen und gab grünes Licht für die Umsetzung. „Und bis zu deinem Einzug in dieses Paradies heißt es für mich, die entsprechenden Handwerker zu besorgen, damit alles zügig fertig wird, liebe Eulalia." „Und ich werde mich so schnell wie möglich übers Internet um einen Flug nach LA kümmern", lächelte Eulalia ihren charmanten Haudegen liebevoll an.

Die Wohnung in Niederrad wollten sie vorerst nicht aufgeben, damit sich Eulalia dort ab und zu die gewünschte Auszeit nehmen könne, worauf Erasmus ausdrücklich bestand. Er konnte nachempfinden, wie wichtig es im Leben eines Ehepaares ist, sich so etwas gegenseitig zu gönnen. „Es müssen ja nicht immer zwei Jahre sein, es reichen auch ein oder zwei Wochen im Jahr, um mit Abstand vom gewohnten Alltagstrott, Energie für neue Taten zu schöpfen oder auch nur mal zu relaxen", war sich Erasmus aus Erfahrung sicher. Und Eulalia konnte ihm dankend zustimmen.

Die Rückfahrt nach Frankfurt-Niederrad hatte Eulalia für den Nachmittag geplant. Nach dem von Eulalia schnell zubereiteten Mittagsmahl, es gab Kohlrabi-Stampf mit Spiegeleiern, hatten die beiden im Schwange ihrer Glücksgefühle und des herrlichen Spätsommertages Lust auf einen Spaziergang. Erasmus schlug Eulalia vor, ihre Reisetasche gleich mitzunehmen, die er natürlich tragen werde. Der Weg führte über Brombachtal, wo sie einen Abstecher zum

Grab von Erasmus Eltern machten und anschließend im Restaurant des Golfclubs auf einen Kaffee einkehrten.

Dann wurde es Zeit, Eulalia zur Taxifahrt zum Bahnhof in Michelstadt zu verabschieden. Schön zu sehen, wie glücklich sie sich umarmten, von der Gewissheit beseelt, einer Zukunft in einer wiedervereinten Familie entgegen zu sehen.

Josef und Friedrich waren seit Stunden nicht mehr von ihrem Kinderzimmerfenster zur Straßenseite weg zu locken, bis endlich ein Taxi vor dem Haus anhielt und die sehnsüchtig erwartete Oma Eulalia ausstieg. Wie von einer Tarantel gestochen rannten sie zur Haustür, wollten sie doch möglichst schnell erfahren, ob Opa ihr WhatsApp-Foto geöffnet hatte. Josef nahm der Oma die Reisetasche ab, und Friedrich bot ihr seine Armbeuge an, damit sie sich bei ihm einhaken konnte. „So galant bin ich ja noch nie von euch empfangen worden", war Eulalia freudig erstaunt. „Besondere Ereignisse inspirieren zu ungeahnten Herausforderungen", schmeichelte Friedrich. „Habe ich euch eigentlich schon einmal gesagt, dass ihr die schönsten, liebsten und höflichsten Enkelkinder seid?" „Nein, Oma, nicht, dass ich mich daran erinnern könnte, aber du kennst ja Jane noch nicht, dein mit Abstand schönstes Enkelkind", erwiderte Friedrich, als Eulalia die Tür zu ihrer Wohnungstür aufschloss. Friedrich half der Oma aus der saloppen Sportjacke, und Josef stellte die Reisetasche in der Diele ab. Spontan lud sie die beiden zur üblichen Cola ein und bat sie im Wohnzimmer Platz zu nehmen. „Du weißt, wo alles steht, Friedrich, für mich bringe bitte einen Cognac mit", lachte Eulalia. „Okay, Oma!"

„Tatsächlich kannte ich Jane bis gestern nicht, aber dann hat euer Umwelt-Opa eure WhatsApp erhalten, und seitdem schweben wir beide auf Wolke Sieben. Opa rief umgehend Justus an, um ihm mitzuteilen, dass er sein Einsiedlerdasein künftig mit mir teilen werde. Das wiederum hat den verblüfften und hocherfreuten Justus zu einer spontanen Einladung nach Santa Monica veranlasst. Und in einem muss ich euch Recht geben, Jane ist wirklich die Schönheit in Person", schwelgte Eulalia von ihrer Enkelin. „Und wie habt ihr euch bezüglich der Reise entschieden"? , wollte Josef, unruhig auf seinem Stuhl hin und her rutschend, erfahren. „Vorausgesetzt, ihr beide hütet Opas Domizil, die Hühner und Hansi, will ich noch heute versuchen, einen Hin- und Rückflug vom kommenden auf den übernächsten Sonntag zu buchen." „Oma, dann nichts wie ran an den Computer, wir werden unseren Opa im Odenwald in jeder Beziehung bestens vertreten", war Josef euphorisch. Und mit drei, vier Klicks war die computeraffine Eulalia im Programm der Lufthansa und die Flüge wurden gebucht.

Jetzt überschlugen sich die Ereignisse in der Familie Eisenblätter. Die Boys riefen ihren Opa an, um ihm zu berichten, dass die Flüge für die beiden kommenden Sonntage gebucht seien, und sie am Samstag bei ihm erscheinen würden, um letzte Instruktionen für die Hauverwaltung zu erhalten. Erasmus bat sie, der Oma auszurichten, dass sie Justus bezüglich ihres Kommens Bescheid geben und ihm die genauen Flugdaten mitteilen möge.

„Oma, ich freue mich riesig für dich und Opa, sagte Josef, während Friedrich schon auf dem Weg zu den Eltern war, um ihnen diese frohe Botschaft zu verkünden. „Das ging ja jetzt verdammt schnell und ist auch gut so, damit die Eltern und Justus endlich ihre dreißig Jahre alten Schuldgefühle los werden", reagierte Karl cool und treffend. Friedrich wartete noch auf die Rückkehr seines Bruders, der ihnen voller Freude mitteilte, dass Oma bereits Justus angerufen und ihm die Flugdaten genannt habe. Josef glaubte, den Freudenschrei seines Onkels aus dem Telefon gehört zu haben und scherzte, dass die Oma vor Freude einem Herzinfarkt nahe war, als er den beiden einen grandiosen Empfang und unvergessenen Aufenthalt versprach.

„Nun müssen wir uns auch bei Jane bedanken und sie als engagierte Brückenbauerin dieser Familienzusammenführung würdigen", war Josefs Idee. „Nur zu", meinte Friedrich und hielt Josef das Handy hin. Jane, die natürlich schon von ihrem Adoptivvater das Glück der Familie erfahren hatte, bedankte sich für das Kompliment und äußerte die Hoffnung ihre Cousins, Onkel und Tante auch bald persönlich kennenzulernen. „Ich bin sicher, dass Oma Eulalia und Opa Erasmus bei ihrem Besuch in der nächsten Woche bei euch garantieren einen Gegenbesuch für dich und deine Eltern in unserem wunderschönen Deutschland vereinbaren werden. Mein Bruder Friedrich und ich werden dich dann gerne zu einigen landschaftlichen und kulturellen Höhepunkten in unserer Gegend begleiten, und werden es auch nicht versäumen, dich in unserer Stammdisco einzuführen. Wir freuen uns schon jetzt darauf!", war Josefs überzeugend vorgetragener Wunsch. Jane bedankte sich und beendete das Gespräch mit den Worten: „Ich nehme euch beim Wort!"

Ende

FSC
www.fsc.org
MIX
Papier | Fördert
gute Waldnutzung
FSC® C083411

Zeitfracht Medien GmbH
Ferdinand-Jühlke-Straße 7
99095 Erfurt, Deutschland
produktsicherheit@kolibri360.de